SEX
BEINER

Humoreske
von
Syna Ester

DIABOLISCHE NÄCHTE

Bibliografische Information der Deutschen Nationalbibliothek.
Die Deutsche Nationalbibliothek verzeichnet diese Publikation
in der Deutschen Nationalbibliografie; detaillierte bibliografische
Daten sind im Internet über http://dnb.d-nb.de abrufbar.

Impressum
2019

Herstellung und Verlag:
BoD- Books on Demand, Norderstedt

ISBN: 9-783748-173656-6

Des einen Freud', des anderen Leid

Es war ein Frühlingstag wie man sich keinen besseren wünschen konnte. Die Sonne lachte bereits seit Stunden vom Himmel und ich genoss ihre warmen Strahlen auf meiner Haut. Ich lag auf einer Wiese und ließ es mir rundherum gut gehen. Die Vögel zogen am Himmel ihre weiten Bahnen und die Bienen schwirrten herum, sammelten süßen Honig und summten dabei ihr Lied. Nichts konnte in diesem Moment meine gute Stimmung trüben. Ich schloss die Augen und döste so vor mich hin. Was konnte es schöneres geben, als mit sich und der Welt im Einklang zu sein. Das spielen und lachen der Kinder störte mich nicht. Im Gegenteil, es war eine Freude sie dabei zu beobachten und ihr fröhliches Geschrei war wie Musik in meinen Ohren. Meine Gedanken wanderten zu meinen Kindern die bereits längst flügge waren und ihr eigenes Leben lebten. Ich sollte sie einmal wieder besuchen; sie würden sich sicher freuen. Lange genug hatte ich sie und die Enkelkinder nicht mehr gesehen. Was wohl das kleinste der Kinder machte? Ob er jetzt wohl schon sprechen konnte? Bei meinem letzten Besuch klappte es damit noch nicht so gut und er brabbelte munter in seiner eigenen Sprache. Lustig war es und es gab viel zu lachen, zumal er seine Worte mit wilden Gesten unterstrich. Er plapperte mit Händen und Füßen und wir hatten große Mühe ihn zu verstehen. Richtig ärgerlich wurde er, wenn man nicht gleich wusste, was er uns sagen wollte. Dann wiederholte er das Gesagte mit immer mehr zunehmender Lautstärke. Was bei uns natürlich ein Lachen hervor rief, welches er dann seinerseits mit einem mörderischen Gebrüll quittierte. Er konnte es absolut nicht leiden wenn über ihn gelacht wurde. Nächste Woche werde ich sie besuchen und ein paar Tage bei ihnen bleiben, dachte ich so bei mir, als plötzlich ein Schatten auf mich fiel.

Na nu, es wird sich doch wohl nicht Bewölken? Ich blinzelte kurz und sofort konnte ich ihn erkennen. Der SEX Beiner!

Er stand direkt vor mir und bebte vor Erregung. Sofort waren alle meine Sinne hellwach und ich begann ihn lautstark zu beschimpfen. Alle Blicke der Anwesenden fielen auf uns und die Situation war mir äußerst peinlich. Sie kamen mir sofort zu Hilfe und begannen nun, nachdem sie die Situation erfasst hatten, ihrerseits mit ihm zu schimpfen. Aber der fiese Kerl ließ sich nicht so schnell vertreiben. Erst, als sie ihm Prügel und Schlimmeres androhten machte er sich mit einem hämischen Lachen auf und davon.

»Heute Nacht komme wieder«, rief er mir noch zu, bevor er sich aus dem Staub machte und gänzlich aus meinem Blickwinkel verschwand.

Blöder Kerl, warum konnte er mich nicht jetzt einmal in Ruhe lassen. Ständig musste ich immer und überall auf der Hut vor ihm sein. Ich bedankte mich bei meinen Helfern und erzählte ihnen alles über den SEX Beiner. Sie beschlossen an meiner Seite zu bleiben und legten sich zu mir. Langsam beruhigte ich mich wieder. Ich schloss meine Augen und versuchte, das Erlebte zu vergessen. Heute wollte ich mir meine gute Laune durch ihn nicht verderben lassen. Ich wusste, dass ich ein leckerer Anblick war, denn ich hatte mir heute Morgen extra das schönste meiner hautengen, schwarzbraunen Kleider angezogen und mir einige Tröpfchen meines Lieblingsparfum hinter die Ohrläppchen getupft. Aber das war doch kein Grund, einfach über mich herfallen zu wollen. Er war eben ein mieser Typ und mit allen Wassern gewaschen. Meine Helfer blieben dicht bei mir um im Notfall, falls er noch einmal zurückkommen würde, sofort eingreifen zu können. Das gab mir eine gewisse Sicherheit und ich konnte beruhigt meine Augen schließen, um mich abermals meinen Träumen hinzugeben.

Doch so recht wollte es mir nicht mehr gelingen. Hatte er es doch schon wieder geschafft, mich in Panik zu versetzen und mir die Ruhe zu rauben. Wie ich ihn hasse, meinen Peiniger!

Ich sammelte meine Sachen ein und machte mich auf den Heimweg. Vielleicht ist es besser, wenn ich gleich zu meinen Kindern fahre und nicht erst nächste Woche. Da hatte er sich noch nie hin getraut und mir waren ein paar Tage der Ruhe vor ihm vergönnt.

Jedenfalls war es bisher so, denn er fürchtete sich ungemein vor meinem Schwiegersohn. Natürlich wusste meine Familie über alles was mit dem SEX Beiner zu tun hatte Bescheid, aber so richtig helfen konnten sie mir auch nicht. Er war viel zu schlau und zu schnell, als das man seiner hätte habhaft werden können. So eine richtige ausgebuffte Ratte war er und ich verfluchte ihn. Was für ein schönes Leben hatte ich, bevor er mit seinen Übergriffen begann. Aber von dem Tag an, war es mit meiner Sicherheit vorbei; er lauerte mir immer und überall auf. Egal wo ich war. Wenn ich ihm den Rücken zukehrte war die Gelegenheit günstig für ihn und von seinen Trieben übermannt stürzte er sich auf mich. Mich schauderte, wenn ich nur an die Umklammerung mit seinen behaarten Beinen denke und sofort verspüre ich seinen heißen Atem an meinem Hals. Ich konnte mich noch so oft danach duschen und abseifen, ihn konnte ich damit nicht entfernen. Er hatte sich bereits tief in meine Haut und meinen Körper eingebrannt.

Ich musste hier weg und so begann ich meinen kleinen Koffer zu packen.

Viel brauchte ich bei dem warmen Wetter nicht mitnehmen und wenn es wider Erwarten doch kühler werden sollte, dann gab meine Tochter mir bestimmt eine von ihren Strickjacken. Das würde kein Problem sein, da wir dieselbe Größe haben. Auch sie trägt, genau wie ich, nur schwarzbraune Kleider und sieht darin immer sehr sexy aus. Deshalb hatte mein Schwiegersohn sich auch damals Hals über Kopf in sie verliebt und sich sehr um sie bemüht. Doch es dauerte eine ganze Weile bis sie ihn erhörte und endlich seine Frau wurde. Er ist ein anständiger Kerl und trägt sie auf Händen. Jeden Wunsch liest er ihr von den Augen ab und meine Tochter liebte ihn dafür jeden Tag noch mehr. Sie sind ein sehr glückliches Paar und ihre Kinder machten alles noch vollkommener. Ich bin immer gerne bei ihnen gesehen und so war es nicht nötig, dass ich mich vorher anmelden musste. Ich ging unter die Dusche um mich für die Reise noch etwas frisch zu machen. Das sanfte rieseln des lauwarmen Wasser auf meiner Haut tat mir gut und für wenige Minuten vergaß ich meinen Peiniger. Ich hätte noch

Stunden unter der Dusche verbringen können, aber es war Eile geboten, denn ich wollte meinen Zug nicht verpassen. Ansonsten hätte ich erst wieder am Nachmittag fahren können und so lange wollte ich nicht warten. Ich wollte so schnell weg von hier wie nur möglich. Schnell rubbelte ich mich trocken und betrachtete dabei meinen Körper. Er hatte sich trotz meines Alters nicht verändert und ich bin immer noch eine attraktive Frau. Kein Wunder, dass der SEX Beiner so heiß auf mich ist. Aber dennoch, ich mochte ihn nicht und ich wollte es auch nicht, dass er mich bespringt. Seine rohe Gewalt war mir zuwider und seine behaarten Beine ekelten mich an. Ich brauchte nur an ihn zu denken und schon war er wieder da, der heiße Atem an meinem Nacken. Mein Herz raste und ich beeilte mich in mein schwarzbraunes Kleid zu schlüpfen und meine schwarzen neuen Pumps anzuziehen. Meine Reisetasche hatte ich bereits gepackt und so vergewisserte ich mich, ob auch alles in meiner Wohnung in Ordnung war.

Vor der Haustür spähte ich noch einmal

nach allen Seiten, aber ihn konnte ich nicht entdecken und so machte mich eiligst auf den Weg zum Zug.

Die Hitze heute wurde langsam unerträglich und ich kam schweißgebadet am Bahnhof an. Der Zug war schon eingelaufen. Ich stieg gleich ein und suchte mir einen Sitzplatz. Es war angenehm in dem klimatisierten Abteil und außer mir, war bisher noch niemand anwesend. Vielleicht blieb es ja so und ich konnte mich auf den Sitzen ein wenig lang machen. Ich streifte die Pumps von meinen Füßen und stellte sie unter den Sitz. Das tat gut, denn meine Füße brannten wie Feuer vom schnellen laufen. Ich hätte lieber Sandalen anziehen sollen bei dem Wetter, aber meine Eitelkeit hatte über die Vernunft gesiegt. Selber Schuld, dachte ich bei mir, alt genug bist du ja um auf deinen Verstand zu hören. Langsam wich die Hitze aus mir und ich fühlte mich besser. Ich

lehnte mich in den Sitz zurück und beobachtete das Treiben auf dem Bahnsteig.

Wo sie wohl alle hin wollten? Ob sie auch jemanden besuchen wollen, oder gar in die Ferien fahren?

Eine Lautsprecherstimme riss mich unsanft aus meinen Gedanken.

»Die Abfahrt des Zuges auf Gleis 3 verzögert sich um wenige Minuten«.

Das ist mein Zug. Wie sollte es auch anders sein. Er war, bis auf ein einziges Mal, noch nie pünktlich abgefahren. Bisher war keiner der Mitreisenden in mein Abteil gekommen und ich konnte es mir wieder bequem machen. Ich schloss noch die Abteiltür und wollte gerade meine Beine wieder hoch legen, als es heftig an der Tür klopfte. Ich blickte hinüber und was ich dann sah, ließ mir das Blut in den Adern gefrieren.

Das war er, der SEX Beiner!

Er musste meine Wohnung beobachtet haben und hatte mich verfolgt. Er versuchte nun mit aller Gewalt in mein Abteil zu gelangen und rüttelte wie wild an der Tür. Sein unverschämtes grinsen dabei jagte mir einen Schauer nach dem anderen über den Rücken und ich begann vor lauter Angst zu zittern.

»Mach auf meine schöne Gespielin, ich will dich beglücken«, rief er mit säuselnder Stimme und sein Unterleib zuckte dabei vor Erregung.

Seine Worte wurden zunehmend fordernder und als ich ihm nicht öffnete, trat er mit dem Fuß gegen die Tür. Er hatte bereits einen hochroten Kopf und wurde immer aggressiver. Wie gut, dass ich die Tür vorhin von innen verriegelt hatte. Eigentlich hatte ich es nur gemacht um ungestört zu sein, denn mit ihm hatte ich hier ganz bestimmt nicht gerechnet. Er musste mein Haus die ganze Zeit beobachtet haben und ich hatte es trotzt aller Vorsicht nicht bemerkt, denn woher sonst hätte er gewusst, dass ich das Haus verlassen hatte um zum Bahnhof zu gehen. Noch niemals zuvor war er mir bis hier gefolgt. Das heiße Wetter musste ihn völlig wuschig gemacht haben, denn anders konnte ich mir sein derart massives Verhalten nicht erklären. Es gab so viele attraktive Frauen in der Stadt die er beglücken könnte, aber er hatte es nur auf mich abgesehen; dieser Dreckskerl. Völlig aufgelöst und verstört saß ich wie gelähmt auf meinem Platz und hoffte, dass endlich jemand kommt und mir hilft. Nach einer gefühlten Ewigkeit drangen laute Stimmen an mein Ohr. Zwei Frauen, die den

SEX Beiner an meine Tür haben hämmern sehen, kamen mir zu Hilfe. Sie hatten die Situation sofort überblickt und außerdem waren seine Worte auch eindeutig genug. Die beiden beschimpften ihn als Sittenstrolch und man sollte die Polizei holen, denn so ein Subjekt wie er gehörte eingesperrt usw..

Die eine schlug ihm mit ihrem Schuh auf den Kopf und mittlerweile hatten sich weitere Fahrgäste dazu gesellt. Alles schrie und gestikulierte jetzt wild durcheinander. Das war zu viel für den SEX Beiner, er machte sich so schnell er konnte auf und davon. Erleichtert konnte ich jetzt die Tür des Abteils öffnen um mich bei meinen Helfern zu bedanken. Ich weinte hemmungslos, denn meine Nerven hielten das einfach nicht mehr aus. Es musste etwas geschehen, damit ich ein für alle Male meine Ruhe vor ihm habe.

Das Abteil füllte sich mit Fahrgästen, denn nun wollten sie mich nicht mehr allein lassen. Einige fuhren auch bis zu meinem Zielort und sie kannten so gar meine Tochter und ihre Familie. Sie würden mich dort hin begleiten, da meine Familie ja nichts von meiner Ankunft ahnte und mich nicht vom

Bahnhof abholte. Unendlich erleichtert, bedankte ich mich noch tausendmal bei ihnen für ihr schnelles eingreifen.

»Der Zug auf Gleis 3 ist zur Abfahrt bereit. Bitte die Türen schließen und treten sie von der Bahnsteigkante zurück«, erklang die Stimme aus dem Lautsprecher.

Lautes Türenschlagen waren die Folge der Durchsage und nach einem lang anhaltenden Pfiff aus der Trillerpfeife setzte sich der Zug langsam in Bewegung. Endlich, wir fuhren ab und ich fühlte mich im Kreise der Mitreisenden sicher. Ich konnte nach einigen Kilometern so gar mit ihnen über ihre kleinen Witze und Scherze lachen. Da auch zwei Kinder bei den Reisenden waren wollten wir nicht mehr über das zuvor Geschehene sprechen, denn es war den Kleinen auch ans Gemüt gegangen und sie hatten sich gefürchtet. Jeder von uns versuchte die beiden ein bisschen abzulenken und eins, zwei, drei spielten wir alle zusammen ein Spiel. Es war sehr lustig und die Fahrt verging wie im Fluge. Nach knapp vier Stunden war ich an meinem Ziel angekommen und stieg zusammen mit meinen zwei Begleiterinnen aus dem Zug. Noch zehn Minuten Fußweg und ich bin bei meiner Familie. Gemeinsam machten wir uns auf den Weg. Wir plauderten vergnügt miteinander, bis ich plötzlich eine Hand an meiner Schulter spürte. Ich blickte mich um und sah genau in die lüsternen Augen des SEX Beiner. Vor Schreck stieß ich einen gellenden, schrillen Schrei aus. Auch meine Begleiterinnen hatten ihn nun gesehen. Er war uns gefolgt und wir hatten es nicht bemerkt. Zu unser aller Entsetzen sahen wir noch weitere SEX Beiner, die sich um ihn gruppierten. Sie alle grinsten lüstern und machten eindeutige Bewegungen. Jetzt wurde uns aber doch ziemlich mulmig zumute und wir fingen ein lautes Geschrei an. Gott sei dank waren wir in einer sehr belebten Straße und auch hier kamen uns Passanten zu Hilfe. Sie attackierten die SEX Beiner und schlugen sie in die Flucht. Das hatte es hier im Ort noch nie gegeben und sie waren entsetzt über das was gerade eben geschah. Sofort wollten sie wissen, was es mit den SEX Beinern auf sich hatte und bombardierten uns mit ihren

Fragen. Bereitwillig gaben wir ihnen Auskunft und ich erzählte ihnen, dass der SEX Beiner mich schon seit Jahren belästigt und mir Gewalt antut. Ein richtiger Tumult brach aus als sie das hörten und sie konnten nicht verstehen, dass man ihn nicht schon längst eingesperrt hat.

»Er ist immer zu schnell«, sagte ich zu den Leuten. Jedes Mal wenn ich ihn angezeigt habe, dann wechselte er seinen Wohnort und die Polizei konnte seiner nicht habhaft werden.

Sie hatten tiefes Mitleid mit mir und waren sich einig darüber, dass etwas geschehen musste. Der SEX Beiner sollte seine Strafe bekommen sollte. Hier im Ort wollten sie keine Übergriffe auf Frauen dulden. Wie er aussieht, das wussten die Leute jetzt und jeder seiner fünf Kumpane, die er zur Verstärkung mitgebracht hatte, glich ihm bis aufs Haar. Sie trugen dieselbe Kleidung und hatten alle ihre langen Haare streng nach hinten gebürstet. Auch rochen sie alle gleich und wer den SEX Beiner nicht genau kannte, hätte ihn leicht mit einem seiner Kumpane verwechseln können. Es war schwer, sie alle auseinander zu halten. Aber das wäre auch egal, denn wenn sie auch so sind wie der SEX Beiner, dann würde man immer den richtigen treffen.

»Pfui, was für elende Zeitgenossen es doch gibt«, meinte eine der Passantinnen und die anderen pflichteten ihr eifrig bei.

Meine beiden Begleiterinnen aus dem Zug meinten, dass sie mich jetzt erst einmal ganz schnell zu meiner Familie bringen wollten, damit nicht noch mehr unangenehme Dinge auf uns zukommen. Sie nahmen mich in ihre Mitte und wir gingen schnurstracks zu dem Haus meiner Familie.

War das eine Freude als wir dort ankamen. Meine Tochter hatte im Garten gearbeitet und als sie kurz aufblickte, sah sie uns schon von weiten kommen. Sie ließ ihre Gartenschere fallen und lief mir entgegen. Wir lagen uns in den Armen und waren glücklich uns nach langer Zeit wieder zu sehen. Ich stellte ihr meine Begleiterinnen vor, aber sie meinte nur, die kenne ich schon. Sie leben auch hier im Ort und hier kennt jeder jeden.

»Kommt alle mit ins Haus. Ich werde euch

erst einmal eine Erfrischung zu trinken geben und ein Rest Kuchen vom Vortag ist auch noch da«, sagte meine Tochter zu uns.

Gemeinsam gingen wir ins Haus in dem es angenehm kühl war. Die Kinder, bis auf den Kleinen der gerade nebenan im Haus bei der anderen Oma spielte, waren noch in der Schule und mein Schwiegersohn befand sich bei der Arbeit. So waren wir unter uns und konnten meiner Tochter alles berichten. Sie war entsetzt über den SEX Beiner und konnte es gar nicht glauben, dass er mir bis hier hin gefolgt war. So dreist war er bisher noch nicht, denn wie gesagt, er hatte höllische angst vor meinem Schwiegersohn. Sie fing an zu weinen und wollte sofort ihren Mann anrufen, dass er nach Hause kommen soll um zu helfen. Ich nahm ihr den Hörer aus der Hand und beruhigte sie erst einmal. Jetzt konnte mein Schwiegersohn sowieso nichts machen. Wir mussten einen richtigen Schlachtplan entwickeln. Denn er war diesmal ja nicht allein gekommen, sondern hatte einige seiner Kumpel als Verstärkung dabei. Einer allein konnte gegen die Gruppe nichts ausrichten, das wäre unmöglich.

»Du hast recht Mama«, sagte meine Tochter nachdem sie sich wieder beruhigt hatte, »wir warten bis Hansi zu Hause ist.

Eigentlich heißt mein Schwiegersohn Ryan, aber hier nannten ihn alle, der Einfachheit halber, nur Hansi. Dieser Name hatte schon etwas sehr belustigendes, denn schließlich ist er doch ein gestandenes Mannsbild und kein Wellensittich. Diese hießen doch oftmals Hansi wenn ich mich recht entsinne, oder? Wie dem auch sei, das war im Moment nicht das Problem. Bis zum Abend vergingen noch ein paar Stunden und so konnten wir schon einmal überlegen, was wir vielleicht machen konnten, um den SEX Beiner und seine Kumpane los zu werden. Aber für immer, soviel stand fest, denn er würde sonst niemals seine schmutzigen Finger von mir lassen.

Wir tranken unseren Kaffee und aßen von dem leckeren Kuchen. Gegen Mittag verabschiedeten sich meine beiden Begleiterinnen und ich dankte ihnen nochmals von ganzen Herzen. Was hätte ich bloß ohne sie gemacht? Es war gar nicht auszudenken, was ich wohl hätte über mich ergehen lassen müssen, zumal er nicht allein war. Ich traute ihnen alles zu. Mein Kreislauf fing an verrückt zu spielen und ich musste mich erst einmal auf das Sofa legen. Meine Tochter, sie heißt übrigens Addison, holte ein kühles Tuch und legte es mir auf die Stirn. Das tat gut und langsam erwachten meine Lebensgeister wieder. Eine Weile blieb ich noch liegen, aber dann stand ich auf und ging zu Addison in die Küche. Sie bereitete dort schon das Mittagessen für die Kinder vor. Lange würde es nicht mehr dauern bis sie von der Schule nach Hause kommen und einen mächtigen Hunger mitbrachten. Jedenfalls war es bei meinen vorherigen Besuchen immer so. Heute sollte es Kartoffeln und Wurzeln mit Frikadellen geben und ich fing an, die Kartoffeln zu schälen während meine Tochter bereits die zweite Portion Frikadellen in die Bratpfanne legte. Lecker roch es, denn sie machte immer ein wenig Knoblauch und frische Petersilie aus dem Garten mit an die Hackfleischmasse. Zu Hause, für mich allein, kochte ich mir nur selten etwas und umso mehr genoss ich die gemeinsamen

Mahlzeiten mit meiner Familie. Ich freute mich darauf und fing an ein Lied zu summen. Addison stimmte fröhlich mit ein und so werkelten wir singend vor uns hin, als wir auch schon lautes Kinderlachen im Garten hörten. Die Kleinen waren also schon da und das Essen war auch fasst fertig. Ich ging zur Tür um sie zu überraschen. Als sie mich sahen war die Freude groß und sie sprangen mir in die Arme, dass ich fast rückwärts fiel. Wie gut sie aussahen und wie schnell sie schon wieder gewachsen waren. Ich drückte jedes Kind noch einmal ganz fest an mich und gab ihnen einen Kuss. Von dem Lärm war der Kleine, der gerade seinen Mittagsschlaf hielt, aufgewacht und fing laut an zu schreien. Meine Tochter ging schnell zu ihm und nahm ihn aus seinem Bettchen. Noch völlig verschlafen schaute er in die Runde und als er mich sah, verzog er abermals seine Schnute. Er hatte noch nicht ausgeschlafen und war dementsprechend schlecht gelaunt. Auch konnte er sich wohl nicht mehr so recht an mich erinnern, denn es war schon über drei Monate her, dass ich bei meiner Familie war. Aber in wenigen

Tagen würde ich ihm schon wieder vertraut werden, da machte ich mir keine Sorgen. Auf dem Arm seiner Mutter sah er ab und an zu mir herüber, aber nur, um sich dann schnell wieder an ihrer Schulter zu verstecken. So entwickelte sich daraus ein Spiel und nach einigen Minuten lachte er bereits und streckte mir seine Ärmchen entgegen.

»Siehst du Mama«, sagte Addison zu mir, »so schnell geht es und er will zu dir. Es war nur weil er noch nicht ausgeschlafen hat, aber jetzt erinnert er sich wieder an dich. Er hat dich nicht vergessen wie du vermutet hast«.

Überglücklich nahm ich den kleinen Mann auf den Arm und gab ihm einen zarten Kuss. Als dank schlug er mir mit seinen kleinen Händchen auf die Wangen das es nur so klatschte. Kraft hatte er, das muss man sagen und ich merkte, wie meine Wangen bereits anfingen zu glühen.

»Nicht ganz so heftig, du tust mir weh«, rief ich.

Doch Jamie ließ sich nicht beirren und machte munter weiter. Ich griff nach seinen Händen und erklärte ihm, dass er vorsichtig sein muss, denn es war wichtig, dass er lernte seine Kräfte zu kontrollieren. Er schaute mich an und wollte dann lieber wieder zu seiner Mama auf den Arm; aber verstanden hatte mich der kleine Racker schon.

Nachdem sich alle Kinder die Hände gewaschen hatten, deckten wir den gemeinsam den Tisch und aßen zu Mittag. Es war eine leckere Mahlzeit und wir waren rundherum zufrieden. Nach dem Essen machten die größeren ihre Hausaufgaben und Jamie spielte mit einer Gießkanne in seinem Planschbecken im Garten. Addison und ich vermieden es über den SEX Beiner zu sprechen da wir nicht wollten, dass die Kinder davon etwas mit bekommen. Es war heute Abend, wenn sie alle schliefen, noch genug Zeit darüber zu reden; außerdem ist Hansi dann auch von der Arbeit zurück. So verbrachten wir einen sehr schönen Nachmittag und die Kinder lenkten mich von meinen Sorgen und Nöten ab. Ganz plötzlich meinte Addison, wir sollten uns nach drinnen begeben, sie hätte noch Eis im Kühlschrank. Die Kinder rannten sofort ins aus und meine Tochter schnappte sich den Kleinen. Gemeinsam mit ihr betrat ich das Haus. Eine Unruhe überfiel mich. Was hatte die Eile zu bedeuten? Verwundert schaute ich Addison an und ich ahnte nichts Gutes.

»Schließe die Tür hinter dir ab«, meinte sie nur und ich tat was sie mir sagte.

Er war also wieder da und trieb sich in der Nähe des Hauses herum. Sie musste ihn gesehen haben, denn ansonsten konnte ich mir ihr Verhalten und ihre Worte nicht erklären. Wenn es doch bloß schon Abend wäre und Hansi bei uns ist. Mit einem Mann im Haus fühlte man sich doch etwas sicherer; aber vor 20.00 Uhr kam er nie heim und jetzt war es erst kurz nach 18.00 Uhr.

Wir füllten das Eis in kleine Schälchen und die Kinder waren glücklich. Auch Jamie durfte mit einer Waffel ein bisschen davon naschen. Es schmeckte ihm und er forderte ziemlich lautstark immer mehr. Verständlich, denn welches Kind mag nicht gerne Eis essen. Danach spielten wir alle zusammen im Haus, denn bis Hansi kam, war noch etwas Zeit. Das Abendessen nahmen dann alle gemeinsam ein, zumal es die einzige Gelegenheit war, dass Hansi die Kinder unter der Woche noch sehen konnte. Ansonsten blieb dafür ja nur das Wochenende. Pünktlich wie ein Maurer stand er um 20.00 Uhr im Wohnzimmer. Mein Gott, war das ein Jubel, die Kinder hingen sofort wie die Kletten an ihm und er hatte Mühe sich in der Hocke zu halten. Vater und Kinder, es war schön mit anzusehen, wie sie einander drückten und der kleine Jamie schleckte ihm wie ein Hündchen über das Gesicht.

»Nun ist es aber gut«, sagte Hansi nach einer Weile, »sonst erdrückt ihr mich noch«.

Er erhob sich und begrüßte nun auch mich. Wir mochten uns sehr und hatten vom ersten Moment an ein gutes Verhältnis miteinander. Er ahnte nicht, welch ein schauriges Erlebnis mich heute zu ihnen geführt hatte. Wir begannen den Abendbrottisch zu decken und aßen gemeinsam. Als wir gegessen hatten sagte meine Tochter:

»Ab zum Zähne putzen und danach hurtig ins, sonst habt ihr morgen früh wieder nicht ausgeschlafen«.

Ein bisschen meckerten die Kinder noch herum, aber dann gingen sie schleunigst ins Badezimmer. Es dauerte nicht lange und sie lagen in ihren Betten. Den kleinen Jamie hatte sein Vater schon ins Bett gebracht und ihm waren sofort die Augen zugefallen. Nun ging er zu den Größeren und wünschte allen eine gute Nacht. Auch Addison und ich umarmten die Kinder noch einmal und machten dann das Licht im Kinderzimmer aus. Leise schlossen wir die Tür und begaben uns ins Wohnzimmer. Hier hatte Hansi bereits seine Pfeife angezündet und blies dicke Rauchwolken vor sich hin. Einmal am Abend durfte er im Wohnzimmer rauchen. Ansonsten musste er dafür immer in den Garten gehen. Was er auch tat, denn die Kinder sollten keine verqualmte Luft einatmen. Addison und mir machte es nichts aus, wir mochten den Geruch. Erinnerte es doch an Vater und Großvater die auch Pfeife geraucht hatten. Wir setzten uns zu ihm und genossen für eine Weile die eingetretene Ruhe.

»Schön, dass du wieder einmal zu uns gekommen bist«, sagte Hansi ganz unerwartet in die Stille.

Addison und ich schauten uns an und sie begann ihrem Mann alles zu erzählen. Wie der SEX Beiner mich immer wieder belästigt hatte und, dass er mir diesmal bis hierher gefolgt war. Auch erzählte sie Hansi davon, dass er noch etliche Kumpane hatte und es nicht so leicht werden würde, ihn zu vertreiben. Hansi wurde richtig wütend als er davon hörte und blies dicke Rauchwolken vor sich her. Auf seiner Stirn hatten sich tiefe Zornesfalten gebildet und man merkte es ihm an, dass er gleich vor lauter Wut platzen würde.

»Dieses Schwein«, sagte er auf einmal, »wir müssen ihm ein für alle Male das Handwerk legen. Von der Polizei ist keine sonderliche Hilfe zu erwarten; jedenfalls war es bisher so, aber ich werde meine ganzen Freunde, Bekannten und die Anwohner des Dorfes darüber informieren und gemeinsam wird uns schon etwas einfallen, den SEX Beiner unschädlich zu machen«.

So zornig hatte ich Hansi noch nie erlebt und auch Addison sah ganz erstaunt zu ihrem Mann herüber. Recht hatte er mit dem eben geäußerten; so konnte und durfte es nicht weitergehen. Der Mistkerl musste weg und zwar für immer. Hansi kam zu mir herüber und nahm mich in den Arm um mich zu trösten, denn mir waren schon wieder die Tränen über die Wangen gelaufen.

»Sei unbesorgt, hier in meinem Haus bist du sicher. Er wird es bestimmt nicht wagen hier einzudringen«, rief er zornig und strich mir sanft über das Haar.

»Hoffentlich behältst du Recht«, erwiderte ich, denn mittlerweile traute ich dem Kerl alles zu.

Hansi griff zum Telefon um seine engsten Freunde zu sich zu bitten. Mit kurzen Worten schilderte er ihnen die Situation. Sie sagten sofort zu und versprachen alle in der nächsten halben Stunde bei uns zu sein. In der Zwischenzeit wollte Hansi von mir ganz genau wissen, was sich zugetragen hatte und ich erzählte ihm alles noch einmal ausführlich, damit er über alles genau informiert war und seinen Freunden darüber berichten konnte.

»Diesmal kommt er nicht wieder nur mit einem gebrochenen Arm davon, das könnt ihr mir glauben«, drohte Hansi.

Vor einem Jahr hatte er sich mit dem SEX Beiner heftig geprügelt und ihm dabei den Arm gebrochen. Es war sonst überhaupt nicht seine Art sich gewalttätig zu verhalten, oder gar mit jemandem auseinander zu setzen. Aber damals war ihm doch der Kragen geplatzt, als er von den erneuten Übergriffen des SEX Beiner auf mich hörte. Meine Familie hatte mich damals besucht und mich völlig am Boden zerstört vorgefunden. Wie schon zuvor waren wir zur Polizei gegangen um den erneuten Vorfall zu melden und um Hilfe zu bitten, aber die Polizei war machtlos; der SEX Beiner hatte wieder einmal das Weite gesucht. Ein dummer Zufall wollte es so, dass Hansi ihm eines Tages genau über den Weg lief und ohne lange zu fackeln schlug er auf ihn ein. Dabei war es dann passiert; er brach ihm den Arm. Mitleid hatte mein Schwiegersohn nicht mit ihm und er drohte ihm sogar damit, ihm das nächste Mal den Hals zu brechen, falls er sich mir noch einmal näherte.

Das alles hatte auf Dauer nichts genutzt. Denn sobald der SEX Beiner sich von dem Armbruch und den bezogenen Prügeln erholt hatte, gingen seine Attacken auf mich erneut los. Ich war ihm hilflos ausgeliefert, denn meine Familie musste ja wieder zurück, da die Kinder wieder in die Schule mussten und Hansi auch nicht länger Urlaub hatte.

Das läuten an der Tür riss mich aus meinen Gedanken. Addison stand sofort auf um zu öffnen. Vier ihrer Freunde waren bereits gekommen und auf die anderen mussten wir auch nicht mehr allzu lange warten. Sie kamen im Minutentakt, so dass wir anschließend insgesamt vierzehn Leute waren, die hier einen Kriegsrat abhalten wollten und das im wahrsten Sinne des Wortes. Sie schnaubten und bebten alle vor Zorn und es entstand sofort eine hitzige Diskussion. Alle redeten wild durcheinander und man verstand überhaupt nichts mehr. Hansi ließ sie eine Zeit lang gewähren, denn sie alle mussten sich erst einmal Luft verschaffen. Es war ungeheuerlich was er ihnen vorab am Telefon mitgeteilt hatte und

33

sie waren zum Äußersten bereit.

Irgendwie fühlte ich mich auf einmal richtig gut. Es war schön von so vielen Freunden umgeben zu sein. Alle waren gekommen um mir zu helfen.

»Ich bin euch unendlich dankbar, dass ihr alle gekommen seid um mir in meiner Verzweiflung zu helfen. Wie ihr ja schon gehört habt, ist der SEX Beiner mir bis hierher gefolgt und hat noch seine Kumpane mitgebracht. Alleine würden wir es niemals schaffen ihn für immer zu vertreiben«, sagte ich laut in die Runde als der Tumult sich etwas gelegt hatte.

»Dazu sind Freunde doch da um einander zu helfen und Hansis Schwiegermutter ist auch unsere Schwiegermutter«, brüllte Jerome und die anderen stimmten ihm zu.

Mir traten vor lauter Freude die Tränen in die Augen und ich umarmte Hansi ganz fest.

»Nun ist es aber gut«, sagte Hansi und wurde ganz verlegen.

Inzwischen hatte Addison Gläser und eine Karaffe Wasser aus der Küche geholt um die Freunde zu bewirten. Es war heute ein heißer Tag und auch der Abend brachte nur wenig Abkühlung. Wir hatten alle Durst und waren erfreut über die Erfrischung. Ein paar von ihren selbst gebackenen Keksen stellte sie auch noch auf den Tisch. Der Duft war verführerisch und auch ich langte in die Keksdose und genoss die süße Köstlichkeit. Addison hatte die Kekse nach einem Rezept meiner Großmutter gebacken und ich fand, dass es die leckersten Kekse der Welt waren. Jedenfalls hatte ich bisher noch keine gegessen, die besser schmeckten als diese.

»Beschreibe unseren Freunden den SEX Beiner einmal ganz genau, damit sie sich ein Bild von ihm machen können«, sagte Hansi zu mir.

Mein Gott, wie sah er aus? Das erste, das mir in den Sinn kam, waren seine widerlichen behaarten Beine mit denen er mich sofort im Klammergriff hielt, wenn er sich von hinten auf mich schmiss um sich an mir zu befriedigen. Vor meinem geistigen Auge sah ich seinen lüsternen Blick und mir war, als ob ich seinen keuchenden Atem in meinem Nacken spürte. Es schauderte mich und ich bekam eine Gänsehaut. Mir wurde richtig übel bei dem Gedanken an ihn.

»Trägt er immer dieselbe Kleidung bei seinen Übergriffen«, fragte Jerome.

Eigentlich kannte ich ihn nur in seinem engen schwarzen Shirt, welches oben mit etwas braun abgesetzt war. Er hatte, Sommer wie Winter, immer kurze Shorts an, die gerade einmal seinen dicken Hintern bedeckten. Die große Wölbung vorne in seiner Hose deutete darauf hin, dass er ständig unter Strom stand und immer nur an die Befriedigung seines Triebs dachte. Er war ein durch und durch diabolischer Geselle sein. So ein richtiges SEX Monster. Das hatte ich ja auch bereits viele Male zu spüren bekommen. All dieses erzählte ich unseren Freunden und so bekamen auch sie ein Bild von dem Kerl. Ich erwähnte noch, dass seine Kumpane sich genau so kleideten wie er, nur waren sie von der Statur her nicht ganz so groß und stabil gebaut wie der SEX Beiner selbst. Es war wohl irgendeine Club – Bekleidung, denn auf den ersten Blick konnte man sie nicht auseinander halten. Man musste schon sehr genau hinschauen, um sie unterscheiden zu können. Kopfschüttelnd hörten sie mir zu und meinten, das würde keine einfache Sache werden. Ich hatte ihnen außerdem noch davon berichtet, dass selbst die Polizei machtlos gegen ihn war und ihn bisher niemals zu fassen bekam.

Also mussten wir uns diesmal etwas Besonderes einfallen lassen um ihn zu erwischen.

Stundenlang beratschlagten wir, was wir gegen ihn machen wollten, aber keiner der Vorschläge war perfekt genug. Er war ja äußerst gerissen und genau mit seinen eigenen Waffen mussten wir ihn schlagen. Zu einem Ergebnis kamen wir an diesem Abend nicht. Aber die Freunde versprachen, allen die sie kannten Meldung zu machen, damit er hier im Ort niemandem einen Schaden zufügen konnte. Besonders die Frauen mussten vor ihm auf der Hut sein und die waren bisher ahnungslos.

Es war Zeit zu gehen, denn morgen lag wieder ein langer anstrengender Arbeitstag vor den Männern. Sie verabschiedeten sich von uns und Hansi machte gerade die Haustür auf, als er in der Dunkelheit den Umriss einer Gestalt im Garten sah.

Genau konnte er nicht erkennen wer es war, aber sofort hatte er eine Vermutung. Er rief den anderen zu, ihm zu folgen und alle kamen, so schnell sie konnten, nach draußen. Leider konnten sie niemanden mehr entdecken.

»Das muss er gewesen sein, denn wer sonst sollte hier um das Haus schleichen«, rief Hansi und fluchte laut vor sich hin.

Sie liefen noch vor das Gartentor und schauten die Straße hinunter; aber es war nichts mehr von ihm zu sehen. Der SEX Beiner war ein gerissener Hund und bisher konnte ihn noch nicht einmal die Polizei schnappen und einsperren.

Sollte es nun auch hier, an diesem friedlichen Ort, mit der Sicherheit vorbei sein? Machte er jetzt mit seinen Kumpanen diese Gegend, in der man sich bisher vor nichts fürchten musste, unsicher?

Die anderen Männer konnten das nur bestätigen, denn solange sie hier im Ort lebten, hatte es noch niemals irgendwelche Vorkommnisse oder gar Übergriffe auf Frauen gegeben. In ihren Häusern, Gärten und auf der Straße waren die Menschen sicher. Hier kannten sich alle und es gab keinerlei Kriminalität im Ort.

Die Männer waren sich einig. Es musste ganz dringend etwas geschehen. Sie standen noch eine Weile beieinander und diskutierten, was sie als erstes machen wollten. Sie kamen zu dem Entschluss, dass der Ortsansässige Maler David ein Bild von ihm malen sollte. Genaue Angaben dafür konnten ihm ja gegeben werden. Wir wussten wie er aussieht. Hansi versprach den Männern gleich am nächsten Morgen, noch vor seinem Arbeitsbeginn, mit mir zu David zu gehen. So sollte es geschehen und nun verabschiedeten sich die Männer endgültig.

Hansi kam zu uns ins Haus und berichtete was soeben vereinbart wurde. Meine Tochter und ich fanden die Idee sehr gut und wir wollten gleich jetzt einen Text entwerfen, der unter das Bild kommen sollte. Ein richtiges Plakat, das wir kopieren und überall im Ort aufhängen wollten. Mit Feuereifer machten wir uns an die Arbeit, während Hansi uns schon mal eine gute Nacht wünschte und im Schlafzimmer verschwand.

Wir holten Papier und Stift und begannen

unsere Vorschläge aufzuschreiben. Daraus wollten wir dann den endgültigen Text fertigen; allerdings nicht, ohne nochmals vorher die Freunde zusammen zu rufen um unseren Entwurf mit ihnen zu besprechen. Wir merkten gar nicht wie die Zeit verging, bis Hansi auf einmal im Türrahmen stand und uns aufforderte, endlich auch ins Bett zu gehen.

Du meine Güte, es war bereits drei Uhr! Nun aber nichts wie ab unter die Decke, denn um sieben Uhr läutet schon wieder der Wecker und die Kinder mussten geweckt werden.

Ich putzte schnell noch meine Zähne und ging dann zu Bett. Aber an Schlaf war nicht zu denken, dazu war ich noch zu aufgewühlt. In Gedanken ließ ich den ganzen Tag noch einmal Revue passieren und muss dann doch irgendwann eingeschlafen sein. Als ich erwachte war es noch ganz still im Haus und so ging ich erst einmal unter die Dusche um meine restlichen Lebensgeister zu wecken. Danach zog ich wieder mein schickes schwarzbraunes Kleid an und ging die Treppe runter um schon den Kaffee aufzusetzen und den Tisch zu decken.

»Na, hast du auch endlich ausgeschlafen«, empfing mich Addison und lachte.

»Wieso bist du schon auf«, fragte ich meine Tochter.

»Schau einmal auf die Uhr, Mama, dann weißt du warum«, erwiderte sie.

Potzblitz, es war bereits nach zehn Uhr. So lange hatte ich tief und fest geschlafen und nicht mitbekommen, dass die anderen schon auf den Beinen waren. Die Kinder waren bereits seit zwei Stunden in der Schule und Hansi befand sich auch schon bei der Arbeit.

»Wollen wir, nachdem du gefrühstückt hast, gleich weiter machen, womit wir gestern Nacht angefangen haben«, fragte Addison.

Ich nickte zustimmend, denn ich hatte gerade von meinem Brötchen abgebissen und den Mund voll. Addison holte unsere Notizen und die Stifte und legte beides an den Rand des Tisches.

»Du kannst in Ruhe essen«, sagte sie zu mir, »ich brauche heute Vormittag nichts einkaufen und zum Mittag haben wir noch von gestern. Ich hatte reichlich gekocht«.

Das war gut. So hatten wir, bis die Kinder aus der Schule kommen, genügend Zeit um unsere Arbeit zu beenden. Voller Tatendrang machten wir uns, nachdem ich mein Frühstück beendet hatte, ans Werk. Wir hatten sogar richtigen Spaß bei unserer Arbeit und steigerten uns immer weiter rein.

»Das müsste es jetzt sein«, sagte ich zu Addison.

Wir hatten alle wichtigen Fakten zusammen und waren zufrieden mit unserem Werk. Nun konnten wir David unseren Text bringen, damit er ihn auf das von ihm gemalte Bild des SEX Beiner kopieren konnte. Gerade sammelten wir alles ein was wir mitnehmen wollten, als jemand heftig an die Scheibe des Küchenfenster klopfte. Wir schauten auf und trauten unseren Augen nicht.

Es war der SEX Beiner! der wie wild gegen das Fenster trommelte und dabei seinen zuckenden Unterleib vor und zurück bewegte. Vor Schreck schrien wir laut auf. Das schien ihn nur noch mehr aufzustacheln, denn seine Bewegungen wurden immer heftiger und schneller.

»Komm raus meine Süße, ich will dich heute mit Haut und Haaren vernaschen. Ich bin so scharf auf dich. Nun mach schon und komm endlich«, schrie er immer wieder.

Vor lauter Geilheit quollen seine großen Glotzaugen noch weiter aus seinem Kopf hervor. Es war ein ekelhafter Anblick und Addison und ich fürchteten uns sehr. Zum Glück waren noch alle Fenster und Türen geschlossen, sodass er nicht ins Haus kommen konnte.

Trotzdem, wir waren allein und ohne Schutz. Um diese Zeit konnten wir Hansi nicht erreichen, da er als Gärtner immer in den verschiedensten Gärten arbeitete. Er konnte überall und nirgends sein.

»Sag einmal Addison, hast du noch die alte Schrotflinte vom Großvater«, fragte ich meine Tochter.

Ich hatte sie ihr damals, als der Großvater verstarb, als Erinnerung gegeben und hoffte nun, dass sie die Flinte noch irgendwo im Haus hatte.

»Leider nicht«, antwortete sie, »ich habe sie dem Jäger gegeben, da es mir mit den

Kindern im Haus zu riskant war. Ich hatte Angst, dass vielleicht doch einmal etwas passiert. Man kann es ja nie wissen, was Kindern so einfällt. Im Moment sind sie zwar noch niemals allein im Haus gewesen, aber sie werden ja älter und das Risiko, dass ihnen die Flinte in die Finger kommt, wollten wir nicht eingehen«.

»Recht hast du, nur im Moment hätten wir sie gut gebrauchen können um dem SEX Beiner ordentlich eins über braten zu können«, sagte ich zu ihr.

Schießen hatten wir schon beizeiten gelernt, denn mein Großvater und auch Addisons Vater waren leidenschaftliche Jäger. Da konnten wir nichts machen, als abwarten bis der Spuk endlich vorbei ist. Doch der Mistkerl dachte gar nicht daran uns in Ruhe zu lassen. Mit einem schrillen Pfiff hatte er seinen Kumpanen signalisiert, dass wir allein waren und nun gruppierten sich alle vor unserem Fenster. Sie griffen sich zwischen die Beine und machten eindeutige Bewegungen, wobei sie obszöne Worte riefen.

»Lasst uns rein ihr super geilen Schnecken,

wir wissen doch, dass ihr allein seid. Wir wollen doch nur unseren Spaß mit euch haben«, riefen sie und rieben ihren Unterleib an dem Fenster.

In ihrer Erregung quollen ihnen die Augen aus den Höhlen und der Speichel lief ihnen aus den Mundwinkeln. Es war ein widerlicher Anblick und wir beschlossen nun doch, irgendwie, den Hansi zu erreichen. Zuerst riefen wir bei seinem Arbeitgeber an. Der konnte uns vielleicht sagen, wo Hansi um diese Stunde tätig ist. Aber auch er wusste nicht, wo sich Hansi gerade befand. Er versprach uns allerdings bei der Suche behilflich zu sein, nachdem wir ihm erzählt hatten, dass wir sexuell belästigt werden. Auch wollte er sofort ein paar Männern zu uns schicken, damit wir uns nicht länger fürchten mussten. Während der ganzen Zeit trieben der SEX Beiner und seine wüsten Kumpane ihr ekelhaftes, lüsternes Spiel vor unserem Fenster. Sie versuchten sich gegenseitig an Obszönität zu übertreffen, nur um unsere Aufmerksamkeit zu erringen. Doch es gelang ihnen nicht. Wir schauten nicht mehr hin und behielten sie nur aus den Augenwinkeln im Blick. Wir mussten auf der Hut sein, denn wer weiß, was sie sonst noch alles versuchten?

Auf einmal wurde es ganz still und wir sahen, dass sie die Köpfe zusammen steckten und leise miteinander redeten. Was hatten sie jetzt vor? Addison und mir wurde es langsam immer ungemütlicher und wir hofften inständig, dass die Männer bald kommen würden um uns zu helfen. Wir hätten zu gerne gewusst, worüber die da draußen tuschelten. Es war mit Sicherheit nichts gutes was sie ausheckten. Auf einmal rannten sie in alle Himmelsrichtungen davon und wir glaubten schon, dass unsere Helfer sie davon gejagt hatten. Dem war aber leider nicht so, denn noch war von ihnen weit und breit nichts zu sehen.

Komisch, etwas musste es doch gewesen sein, was sie zum davonlaufen bewog. Wir drückten nun unsere Nasen an der Scheibe platt und schauten in alle Richtungen. Da, jetzt konnten wir sie entdecken und allen voran der SEX Beiner. Er schwang einen dicken Knüppel in seiner Hand und marschierte schnurstracks auf unser Haus zu. Das hatten sie sich also zugeflüstert! Sie wollten mit den dicken Knüppeln unsere Scheiben einschlagen um ins Haus zu gelangen. Uns stockte der Atem. In meiner Verzweiflung nahm ich meine Tochter ganz fest in die Arme und fing an zu beten.

Lieber Gott hilf uns, damit wenigstens Addison die Übergriffe erspart blieben. Bis zum letzten Atemzug würde ich meine Tochter verteidigen. Niemand sollte ihr ein Leid zufügen.

Der erste Schlag traf gegen die Scheibe, aber sie zerbrach nicht. Der zweite und dritte Schlag folgten und ein leises knistern war nun bereits zu hören. Lange hielt die Scheibe den Schlägen nicht mehr stand. Gerade holte der SEX Beiner zu einem erneuten Schlag aus, als unsere Helfer den Garten stürmten. Der SEX Beiner und seine Kumpane waren so überrascht, dass sie ihr Kommen nicht bemerkt hatten und nun unseren Helfern ausgeliefert waren. Diese hatten die Horde kreisförmig umzingelt und es hagelte Prügel bis zum geht nicht mehr. Es war eine wüste Schlägerei und die Unholde versuchten, bisher vergeblich, dieser Falle zu entkommen. Laute Polizeisirenen beendeten abrupt den Spuk. Diesen Moment nutzten der SEX Beiner und seine Kumpane um sich eiligst über die Hintergärten auf und davon zu machen. Wieder einmal war es dem SEX Beiner gelungen, der Polizei zu entkommen. Wir liefen nun alle zum Polizeiauto und erzählten den Polizisten was sich hier abgespielt hatte und warum es diese Schlägerei gab. Die Polizisten notierten sich alles ganz genau und sie waren entsetzt, dass so etwas hier im Ort überhaupt möglich war. Sie wollten sich mit der Polizei in meiner Stadt in Verbindung setzen um weitere Details über ihn zu erfahren. Er musste schleunigst Dingfest gemacht werden, denn so konnte es nicht mehr weitergehen. Darüber waren wir uns alle einig und konnten dem nur zustimmen. Die Polizisten konnten im Moment nichts weiter für uns tun und so verabschiedeten sie sich von uns. Sie versprachen uns sofort zu informieren, wenn sie neue Erkenntnisse haben und wollten ab sofort unser Haus bewachen lassen. Das beruhigte Addison und mich sehr und wir hofften, dass es den SEX Beiner samt seiner Kumpane, endlich abschrecken würde.

Doch auch, wenn er sich nicht mehr hierher traute, die Gefahr für mich war damit nicht gebannt. Irgendwann musste ich ja wieder zurück und ich wusste genau, dass er mir dann wieder auflauern würde. Hoffentlich erwischten sie ihn diesmal. Ich wollte wieder unbeschwert leben können und nicht ständig diese Angst vor seinen Übergriffen im Nacken haben. Allein der Gedanke an seine langen behaarten Beine, die mich schon so oft umklammerten, ließ in mir einen Würgereiz aufkommen und ich hatte große Mühe, meinen Mageninhalt bei mir zu behalten.

Ich spürte förmlich seinen schweißnassen Bauch auf meinem Rücken und seine brutalen Versuche in mich einzudringen. Es war nicht so einfach, da er ein großes Ding hat und er mir jedes mal weh damit tat. Aber meine anfängliche Gegenwehr hatte ich mir mittlerweile abgewöhnt, denn die hatte alles nur noch viel schlimmer für mich gemacht. Es war eben einfach unmöglich seiner

Umklammerung in irgendeiner Weise zu entkommen. Seine sexuelle Begierde verlieh ihm animalische Kräfte.

Inständig hoffte ich, dass Hansi bald kommt und wir, zusammen mit ihm und unseren Freunden, an unserem Plan weiter arbeiten können. Ich begab mich zu Addison, die das Mittagessen für die Kinder vorbereitete. Auch der kleine Jamie würde bald von seiner Großmutter gebracht werden. Es hatte sich so eingespielt, dass er den Vormittag immer zu ihr ging und die beiden miteinander spielten. Er hatte seine Großmutter gern und so konnte Addison in aller Ruhe den Haushalt erledigen. Für die Großmutter war es auch schön, denn seit dem Tod ihres Mannes lebte sie ziemlich zurückgezogen. Sie konnte es nicht mehr ertragen, wenn zu viel Trubel um sie herum war. Viel war nicht mehr zu tun, da es ja die Reste vom Vortag gab. Ich machte noch schnell einen Obstsalat als Nachtisch und fertig war das Mittagessen.

Addison und ich genehmigten uns noch eine Tasse Kaffee bevor die Kinder kamen. Nach dem ganzen Stress, den wir heute Morgen erlebt hatten, tat uns der kräftige Schluck gut und nebenbei deckten wir schon einmal den Tisch.

Es waren kaum zehn Minuten vergangen, als auch bereits die Großmutter den kleinen Jamie brachte. Quietschvergnügt kam er zu uns in die Küche gelaufen und plapperte munter drauf los. Wir mussten lachen, denn wie so oft verstanden wir nicht ein einziges Wort. Doch das störte ihn überhaupt nicht und er erzählte lustig weiter. Die Großmutter berichtete uns davon, was sie heute mit ihm gespielt hatte und so langsam verstanden wir, was Jamie uns sagen wollte. Jetzt war alles klar. Sie hatten verstecken gespielt und das hatte dem Kleinen so gut gefallen, dass er gar nicht genug davon bekommen konnte.

Bereits im hinausgehen wandte sich die Großmutter noch einmal zu uns und sagte:

»Da sollen sich ein paar üble Burschen in der Gegend herumtreiben. Es ist besser, ihr schließt die Türen zu. Sie haben es vorhin ganz kurz im Radio durchgegeben«.

Addison und ich sahen uns an, doch bevor wir antworten konnten, war ihre

Schwiegermutter bereits gegangen. Wir schlossen die Haustür hinter ihr ab und dann warteten wir auf die beiden Großen, die auch jeden Moment von der Schule nach Hause kommen mussten. Der kleine Jamie spielte auf dem Boden mit einem Auto. Ich schaute gerade aus dem Küchenfenster, als ich die beiden auch schon kommen sah. Fröhlich lachend, wie immer, kamen sie durch den Vorgarten gelaufen und ich öffnete ihnen schnell die Tür um sie herein zu lassen.

»Heute war es ganz toll in der Schule«, riefen sie wie aus einem Munde, »wir haben über den Zoo gesprochen und morgen machen wir einen Ausflug dort hin. Jeder muss 5.- Euro mitbringen für den Eintritt«.

Addison lachte und rief ihren Kindern zu, dass sie sich schnell die Hände waschen sollten und zu Tisch kommen. Was die beiden auch sofort machten und sich auf ihre Stühle setzten. Sie brachten immer einen tüchtigen Hunger von der Schule mit, obwohl sie ein Pausenbrot und auch Obst mit bekamen. Ich füllte das Essen auf die Teller und eine Weile aßen wir schweigend.

Sogar der kleine Jamie hielt einmal für fünf Minuten sein Plappermäulchen. Als der erste Hunger gestillt war, war es mit der Stille vorbei. Die Kinder erzählten voller Aufregung was sie heute alles in der Schule erlebt hatten. Aber das ganz große Thema war der morgige Zoobesuch. Ihre Wangen glühten richtig, als sie uns voller Eifer ausführlich darüber berichteten. Es war auch schon eine Weile her, dass die ganze Familie im Zoo war, da es für alle zusammen eine doch recht kostspielige Angelegenheit war. Geduldig hörten wir ihnen zu und freuten uns mit ihnen, als es an der Tür klopfte. Wir hatten gar nicht bemerkt, dass jemand durch den Garten gekommen war. Durch die Türscheibe erkannten wir Hansi und David. Ich ging und öffnete den beiden Männern die Tür. Sie waren bereits über alles informiert und Addison bat sie, sich erst einmal zu uns zu setzen und etwas zu essen. Was sie auch taten. Hansi erzählte uns, dass sein Arbeitgeber ihm für heute frei gegeben hat und er sich in einer Stunde hier im Haus mit allen seinen Freunden verabredet hatte, um weiteres in dieser unseligen

Angelegenheit zu besprechen. David hatte auch schon seine Plakate mitgebracht und wollte sie uns später zeigen. Für die Kinder war es richtig toll, dass ihr Vater mit ihnen zu Mittag aß, ansonsten sahen sie ihn ja erst am Abend und meistens schlief der kleine Jamie bereits wenn Hansi von der Arbeit kam. So hatte alles negative auch sein Gutes. Es war eine lustige Runde und natürlich berichteten die Kinder noch einmal ausführlich darüber, dass sie morgen in den Zoo gehen würden. Hansi gab den beiden sofort das Eintrittsgeld, damit es bei aller Aufregung nicht vergessen wird. Die Augen der Kinder strahlten und wir Erwachsenen waren glücklich über ihre Freude.

Nach dem Essen mussten die Hausaufgaben erledigt werden und Jamie wurde für seinen Mittagsschlaf ins Bett gebracht. Es herrschte Ruhe im Haus und wir konnten uns um unser Anliegen kümmern. Das Plakat, welches David für unsere Sache gemalt hatte, sah super aus und es stellte genau den SEX Beiner dar. Jeder, der das Plakat sah, konnte ihn ganz deutlich darauf erkennen. Wenn wir die Plakate überall im Ort aufhängen, dann könnte er sich hier nicht mehr blicken lassen, da man ihn sofort verhaften würde. Aber soviel Verstand traute ich dem SEX Beiner nicht zu, zumal er sich ja auch hierher gewagt hatte und immer dreister wurde. Wohl nicht einmal eine Kastration hätte ihn davon abgehalten mich zu verfolgen. Er war einfach total sexbesessen und hatte nichts anderes im Kopf, als sein Ding in mich hinein zu stecken. Ich wollte nicht mehr daran denken und widmete mich wieder den anderen.

Addison hatte ihnen schon unseren Text vorgelegt und er wurde für gut befunden. Der alte Text wurde noch einmal korrigiert und auf das Plakat gefügt. So würde es gut sein befanden wir.

Wir hörten die anderen kommen und öffneten die Tür. Nun waren wir vollzählig und zeigten unseren Entwurf herum. Auch die anderen fanden ihn sehr gelungen und jeder würde, nachdem das Plakat kopiert war, es in seinem Umfeld aufhängen.

Jerome erklärte sich sofort bereit zum Kopierer zu gehen und die Abzüge machen zu lassen. Es sollten mindestens 200 Stück werden, da wir das Plakat auch in den Geschäften, bei der Post und an den verschiedenen Tankstellen aufhängen wollten. Er rollte das große Plakat vorsichtig zusammen und steckte es in seine Tasche, um damit nach der Mittagspause in den Kopierladen zu gehen.

»Jetzt mache ich uns erst einmal eine gute Tasse Kaffee und ein Stück Kuchen dazu«, meinte Addison und ging in die Küche.

Wir anderen machten es uns im Wohnzimmer gemütlich und sprachen noch ausgiebig über den SEX Beiner und was wir noch machen könnten, falls unsere Aktion erfolglos bleiben sollte. Ganz plötzlich fiel ein Schatten in den Raum und wir sahen eine große dunkle Gestalt vor dem Fenster. Es war der SEX Beiner!

Er rieb seinen prallen Unterleib an der Scheibe und rief:

»Mich bekommt ihr nie. Komm raus du süße Schnecke, ich will dich mit meinem Superding beglücken. Ich weiß doch, dass du ganz scharf auf mich bist«.

Dabei hatte er wieder dieses fiese Grinsen in seinem Gesicht und aus seinem

Mundwinkel lief bereits der Speichel. Aufgedunsen sah er aus, als ob er die ganze Nacht getrunken hatte. Nun wollte er noch unbedingt seinen Trieb ausleben und nichts konnte ihn davon abhalten hier wieder zu erscheinen. Er musste verrückt sein, denn sein Hirn war nur auf eines programmiert; nämlich auf poppen, seinen Trieb zu befriedigen und das möglichst oft und lange. Am besten den ganzen Tag und die ganze Nacht. Man sollte ihm sein Ding abschneiden, einfach so und in meinen Gedanken hatte ich schon die Heckenschere in der Hand. Als ich mich damit gerade seinem Ding nähern wollte, riss mich der Tumult um mich herum aus meinen Rachegelüsten und ich sah, dass die Männer wütend nach draußen stürmten. Doch der SEX Beiner war blitzschnell. Er hatte, bevor er sich auf und davon machte, noch seinen Erguss gegen die Scheibe gespritzt. Dieser Widerling! Hatte er doch tatsächlich sein Ding aus seiner Shorts geholt um sofort bereit zu sein, falls er mich in seinen Griff bekam. Es waren nur wenige Schritte bis vor die Tür, aber als die Männer dort ankamen, war er bereits wieder über alle Berge.

»Mist«, fluchten sie, »dieser Scheißkerl ist ein ganz gerissener Hund. Fast hätten wir ihn gehabt und dann hätte es für ihn kein Pardon mehr gegeben. Los, machen wir endlich die Kopien und hängen sie überall auf, damit wir endlich seiner habhaft werden«.

»Ich werde ihm das Genick brechen, diesem elenden Schwein«, mit diesen Worten bekräftigte Hansi noch einmal die Aussagen der anderen.

Jerome sah auf die Uhr und meinte:

»In zwanzig Minuten kann ich mich auf den Weg machen, dann ist die Mittagspause vorbei und das Geschäft wieder geöffnet«.

»Lasst uns jetzt endlich den Kaffee trinken und den Kuchen dazu essen. Wenigstens das wollen wir uns durch den SEX Beiner nicht verderben lassen«, sagte Addison.

Wir gingen ins Wohnzimmer und ließen uns den Kaffee und Kuchen schmecken. Zum Glück war der kleine Jamie von dem Tumult nicht aufgewacht und auch die anderen Kinder, die bei ihren Hausaufgaben saßen, schienen nichts von alle dem mitbekommen zu haben. Jedenfalls ließen sie sich nicht blicken. Entweder waren sie so vertieft in ihre Aufgaben, oder sie hatten wieder die Kopfhörer auf den Ohren um Musik zu hören. Sie behaupteten so besser arbeiten zu können. Nun, mir war es egal und Addison und Hansi hatten auch nichts dagegen, solange die Schulnoten stimmten; und die waren mehr als gut.

»Ich mache mich jetzt mal auf den Weg«, sagte Jerome.

»Ich werde dich begleiten, dann kann ich gleich Vorort sehen, ob die Kopien auch so werden, wie ich sie mir vorgestellt habe«, sagte David.

Die beiden Männer machten sich auf den Weg.

Hansi war der Meinung, dass wir anderen hier die Rückkehr von Jerome und David abwarten sollten, um gegebenenfalls die Kopien gleich unter uns aufteilen zu können. Gesagt, getan. Wir blieben im Haus und warteten.

Mittlerweile hatten auch die Kinder ihre Hausaufgaben erledigt und gesellten sich zu uns. Die Ablenkung tat allen gut und schon bald waren wir in fröhliche Gespräche mit den beiden verwickelt. Ganz nebenbei machten sie sich noch über den restlichen Kuchen her, der ihnen hörbar schmeckte.

Keiner von uns ließ sich etwas anmerken und wir waren eine fröhliche Runde.

Nach knapp zwanzig Minuten machte sich auch der kleine Jerome bemerkbar, der ausgeschlafen hatte und endlich aus seinem Bett heraus wollte. Addison ging hinüber ins Kinderzimmer und holte ihn zu uns. Sofort fing er mit seinem Geplapper an, als er uns alle sah. Keiner verstand etwas, aber wir mussten herzhaft über ihn lachen, was er mit einem kleinen Wutausbruch quittierte und sein Kuscheltier in die Gegend schmiss. Aber sein Zorn verrauchte genauso schnell wie er gekommen war und er rutschte von Addisons Schoß um sein Spielzeug wieder aufzuheben.

»Ja, auch wenn er noch nicht richtig sprechen kann, verstehen tut er alles«, sagte Addison.

Es klopfte an der Tür und ich ging hin um zu schauen, wer da ist. Es war die andere

Großmutter, die fragen wollte, ob die Kinder zu ihr kommen wollten. Heute Nachmittag bekam sie Besuch von einem Puppenspieler, den sie schon lange kannte und der wollte eine Vorstellung nur für die drei geben. Klar wollten die Kinder das sehen und schlüpften schnell in ihre Schuhe. Sie nahmen Jamie an die Hand und gingen mit der Großmutter zu deren Haus. Das war ein Glück, denn so konnten wir, wenn Jerome und David zurück waren, ganz ungestört unsere Plakate aufteilen und uns auf den Weg machen, sie im ganzen Ort zu verteilen.

Es dauerte nicht lange und David und Jerome kamen zurück. Sie hatten schwer zu schleppen, denn die Plakate waren toll geworden und sie hatten gleich noch mehr kopiert, als wir zuvor besprochen hatten. Wir schauten sie uns an und waren begeistert. Besser hätten sie nicht werden können und sogleich machten wir uns daran, sie unter uns aufzuteilen. Jeder bekam seinen Anteil und dann machten wir uns auf den Weg in den Ort. Addison und ich gingen gemeinsam mit Hansi, denn falls der SEX Beiner kam, konnte er uns vor ihm beschützen. Denn soviel wussten wir, er würde sich nicht mehr durch die pure Anwesenheit von Hansi davon abbringen lassen uns nach zustellen. Er war ja besessen von seiner Geilheit und sein Trieb dürstete immer stärker nach Befriedigung. Trotzt meiner Begleitung war mir etwas mulmig zumute als ich jetzt nach Tagen, dass erste Mal wieder auf die Straße ging. Aufmerksam schaute ich in alle Richtungen ob er uns nicht irgendwo auflauerte, aber ich konnte ihn nirgends entdecken. Das hieß aber noch lange nicht, dass er sich nicht hinter einem Busch versteckt hielt und uns bereits die ganze Zeit beobachtet. Gerade die jüngste Vergangenheit hatte das gezeigt; wir konnten nicht vorsichtig genug sein. Auch Addison und Hansi schauten sich nach allen Seiten um, bevor wir das erste Plakat anbrachten. Groß und deutlich prangte sein Bild jetzt von der Litfass-Säule. Es war uns eine Genugtuung es zu sehen Und der Text, auf dem dick und fett als Überschrift -SEX Beiner- zu lesen war, sagte jedem Betrachter sofort, dass es sich um einen Sittenstrolch handelt vor dem hier gewarnt wird.

Sein Gesicht würde ich gerne sehen, wenn er eines der Plakate zum ersten Mal entdeckt. Er wird sich sicherlich schwarz ärgern vor Wut und vielleicht sogar seine verwerflichen Gelüste im Zaume halten; jedenfalls für einige Zeit. Denn soweit kannte ich ihn, auf Dauer hatte er seinen Trieb nicht unter Kontrolle, da half nur eine Kastration, ihn für immer weg sperren, oder ihn totschlagen.

So, auf zum nächsten. Wir hatten viel zu tun und es würde eine ganze Weile dauern, bis wir alle Plakate angebracht hatten. Ich war gerade dabei eines der Plakate an einem Baum zu befestigen, als ich ein leises Geräusch hörte. Suchend blickte ich in die Richtung aus der ich es vernommen hatte, aber ich konnte nichts entdecken. Wird wohl nur der Wind gewesen sein, dachte ich bei mir und verknotete das Band, welches ich um den Baum gewickelt hatte um das Plakat sicher anzubringen, als sich eine Hand auf meine legte. Erstarrt hielt ich inne. Das konnte nur eines bedeuten. Der SEX Beiner war da. Tatsächlich blickte ich wenige Sekunden später in seine fiese Visage und fing lauthals an zu schreien.

»Komm her du geile Braut«, hauchte er mir ins Ohr und ehe ich mich versah, hatte er mich von hinten umklammert.

Doch ich hatte Glück, denn kurz bevor er sein Ding in mich stecken konnte, waren Addison und Hansi zur Stelle. Mit einem kurzen Ruck riss Hansi das Schwein von mir herunter und nahm ihn in die Mangel.

»Jetzt habe ich dich endlich, du Dreckskerl«, schrie Hansi und bog die Arme des SEX Beiner so doll nach hinten, dass dieser vor Schmerz laut aufschrie. Mit seinen Füßen trat er nach Hansi, aber der hielt ihn fest umklammert. Er hatte ihn im Würgegriff und daraus gab es für den SEX Beiner nun kein entkommen mehr. Er zeterte und verfluchte uns, aber Hansi hielt ihn fest. Ich griff zu meinem Handy und rief die Polizei an, damit sie ihn verhaften konnten. Es dauerte gar nicht lange und die Beamten waren da und legten dem SEX Beiner Handschellen an. Zu zweit bugsierten sie ihn in das Polizeiauto und fuhren mit Blaulicht davon.

Niemand kann sich vorstellen, wie erleichtert ich in diesem Moment war und mir kullerten die Tränen nur so über mein Gesicht. Addison nahm mich liebevoll in ihre Arme und sagte:

»Mama, es ist doch jetzt alles gut. Du brauchst dich nicht mehr zu fürchten, denn bestimmt wird er für Jahre hinter Gitter bleiben und wenn er wieder raus kommen sollte, dann wird ihm der Sinn bestimmt nicht mehr nach Sex stehen«.

Wie ein kleines Kind lag ich in ihren Armen, während mein Körper vom vielen schluchzen nur so geschüttelt wurde. Hansi beobachtete uns ganz bestürzt, denn wie die meisten Männer, kam er sich ziemlich hilflos vor und konnte mit einer weinenden Frau schlecht umgehen.

»Dann brauchen wir wohl keine weiteren Plakate verteilen«, war alles, was er in dieser Situation sagen konnte und fing schon einmal an unsere Sachen einzusammeln.

Langsam beruhigte ich mich etwas und befreite mich aus Addisons Armen. Mir war, als ob eine tonnenschwere Last von meinen Schultern fiel und ich fühlte mich auf einmal so unbeschwert und leicht wie ein Vogel. Hansi und Addison riefen nun alle unsere

Freunde an, um ihnen mitzuteilen, dass die Aktion beendet ist und die Polizei den SEX Beiner in ihren Gewahrsam genommen hat. Wir wollten uns noch einmal im Haus treffen um ihnen alles genau zu schildern was sich zugetragen hatte, denn so am Telefon war das schlecht möglich. Wir machten uns auf den Heimweg um die Freunde dort zu erwarten. Als alle eingetroffen waren, erzählten wir ihnen die ganze Geschichte. Sichtliche Erleichterung machte sich breit und wir alle waren froh, dass der Spuk endlich ein Ende hatte.

Nicht ohne uns noch einmal für ihre Hilfe zu bedanken, verabschiedeten wir uns bald darauf von ihnen. Die Sonne ging schon langsam unter und es war Abendbrotzeit. Auch die Kinder konnten jeden Moment von der Großmutter gebracht werden. Wie friedlich auf einmal alles war. Heute Abend würde ich mich ohne Angst vor dem Morgen zu Bett legen können. Ich konnte mich gar nicht mehr daran erinnern, wann dieses das letzte Mal der Fall war. Die jahrelange Tyrannei hatte nun ein Ende für mich. Ab heute wird mein Leben wieder schön und ich kann mich überall frei bewegen ohne Gefahr zu laufen, dass ich meinem Peiniger begegne.

Von diesem Tag an verbrachte ich noch eine unbeschwerte Zeit mit meiner Familie. Doch irgendwann hat alles Schöne auch einmal ein Ende und ich trat meine Heimreise an.

»Du musst uns bald wieder besuchen und in den nächsten Schulferien kommen wir dann alle zu dir«, meinten sie noch beim Abschied.

Ich bestieg den Zug und winkte ihnen noch einmal zum Abschied. Schön war es bei ihnen und ich nahm mir fest vor, nicht wieder soviel Zeit ins Land ziehen zulassen bis zum nächsten wieder sehen.

Ich machte es mir auf meinem Platz gemütlich und las in dem Buch, das Addison mir zum Abschied geschenkt hatte. Es war ein lustiges Buch und ich war völlig darin versunken, als auf einmal die Tür auf ging. Erschrocken starrte ich den Mann an, der im Türrahmen stand. Sofort hatte ich an den SEX Beiner gedacht und mein Herz schlug mir bis zum Hals.

»Junge Frau«, sagte er mit freundlicher Stimme »ich bin kein Gespenst. Ich möchte nur ihren Fahrschein kontrollieren«.

Mit klopfenden Herzen holte ich meinen Fahrschein aus dem Portemonnaie und reichte ihn dem Kontrolleur. Ich beobachtete ihn genau, denn ich merkte, wie die Angst in mir hoch kam.

»Alles in Ordnung«, sagte er zu mir und reichte mir meinen Fahrschein.

»Gute Fahrt und wenn sie etwas brauchen, dann drücken sie einfach auf den Knopf, der sich neben ihrem Kopfteil befindet. Ich bekomme dann ein Signal und werde so schnell wie möglich zu ihnen kommen«, meinte er noch zu mir bevor er die Tür hinter sich schloss.

Mit meiner inneren Ruhe war es momentan vorbei. Ich legte mein Buch zur Seite und schaute aus dem Fenster. Die vorbei ziehende Landschaft beruhigte mich so langsam und lenkte mich von meinen aufkommenden Gedanken ab. Ich wollte nicht mehr an den Übeltäter denken; es war vorbei.

Ich musste wohl eingeschlafen sein, denn als ich die Augen öffnete, stand der Kontrolleur genau vor mir und sagte:

»Sie müssen aussteigen; Endstation«.

Eiligst nahm ich meine sieben Sachen und verließ den Zug. Ich wollte nur noch nach Hause, duschen und mich ausruhen. Auch wenn die Entfernung zu meinen Kindern nicht allzu groß ist, eine stundenlange Zugfahrt war für mich immer anstrengend. Ich nahm mir am Bahnhof ein Taxi und schon fünf Minuten später kam ich bei meiner Wohnung an. Es hatte sich während meiner Abwesenheit nichts verändert und ich öffnete erst einmal die Fenster um frische Luft herein zu lassen. Wie gut das war. Lange Zeit hatte ich mich, aus Angst vor dem SEX Beiner, nicht getraut, die Fenster zu öffnen. Tief atmete ich die Luft ein und ich fühlte mich merklich wohler. Meinen Koffer legte ich erst einmal beiseite, um den konnte ich mich auch morgen kümmern. Ich ließ mir Badewasser einlaufen und entledigte mich meiner Kleidung. Langsam glitt ich in die Wanne und streckte mich wohlig darin aus. Ach, war das herrlich! Stundenlang hätte ich in dem warmen Wasser liegen können. Völlig aufgeweicht und mit schrumpeliger Haut stieg ich nach einer halben Stunde aus dem Wasser. Ich hüllte mich in mein Badetuch und legte mich aufs Bett. Nur ein wenig wollte ich ruhen, aber ich erwachte erst am nächsten Morgen wieder. Die Sonne ging gerade auf, als ich die Augen auf machte. Donnerwetter, musste ich gestern groggi gewesen sein, dass ich so lange geschlafen habe. Ich fühlte mich wieder richtig fit und kochte mir erst einmal einen Kaffee. In der Zwischenzeit, bis der Kaffee fertig war, duschte ich kurz, da ich ja gestern ausgiebig gebadet hatte und schlüpfte in eines meiner schwarzbraunen Kleider, die ich so sehr liebte. Heute wollte ich mich besonders schön machen und später dann ausgiebig in den Parkanlagen flanieren. Jeder sollte sehen, wie gut es mir geht und wie schön ich, trotzt meines Alters, immer noch bin.

Ich trank meinen Kaffee und aß eine Scheibe Brot dazu. Danach legte ich noch etwas Make-up auf und machte mich auf den Weg in den Park. Auch heute war es ein schöner warmer Tag, genauso, wie vor Wochen, als ich fluchtartig zu meiner Familie gefahren war. Nur nicht daran denken hämmerte ich mir ein, ab jetzt beginnt ein neuer Abschnitt in meinem Leben, sagte ich zu mir selber. Ich ging mutigen Schrittes weiter und erfreute mich an den vielen bunten Blumen, den fröhlich spielenden Kindern und lauschte dem zwitschern der Vögel.

Meine Welt war wieder in Ordnung.

So vergingen die Tage und Wochen und aus mir wurde langsam wieder die Frau, die ich einst war. Nachts hatte ich noch ab und zu Alpträume, aber auch die wurden zunehmend weniger. Ich war glücklich und unbeschwert. Eine neue Nachbarin war neben mir eingezogen und wir hatten uns ein bisschen angefreundet. Mal kam sie zu mir und mal ging ich zu ihr um ein wenig zu klönen. Einige Male waren wir schon zusammen spazieren gegangen, oder hatten gemeinsam unsere Einkäufe erledigt. Sie war jünger als ich, aber wir verstanden uns gut. Was mir an ihr besonders gefiel, war ihre Garderobe. Im Gegensatz zu mir, trug sie immer ganz enge gelb schwarze Kleider und sie sah einfach ganz bezaubernd darin aus. Ihre schlanke Figur kam darin ausgezeichnet zur Geltung und mancher Mann verrenkte sich den Kopf nach ihr. Aber sie hatte an keinem Interesse und beachtete die Männer und ihre Blicke nicht. Es kam mir schon etwas merkwürdig vor, denn die meistens Frauen in ihrem Alter wünschten sich doch eine Familie, aber ich fragte sie nicht nach dem Grund ihrer ablehnenden Haltung. Sie wird sicherlich ihre Gründe dafür haben, dachte ich bei mir und damit war für mich das Thema erledigt. Es ging mich ja auch nichts an. Jedenfalls hatten wir bei unseren gemeinsamen Unternehmungen immer eine Menge Spaß und es wurde nie langweilig. Meiner Familie hatte ich auch von meiner neuen Bekanntschaft geschrieben und sie fanden es gut für mich, dass ich nach allem was mir passiert ist, eine so nette Nachbarin bekommen habe. Ich war auch richtig froh darüber, denn meine beste Freundin war, der Liebe wegen, in eine andere Stadt gezogen und ich hatte mich an manchen Tagen ziemlich einsam gefühlt.

Heute hatten wir uns zum Bummeln

verabredet und gerade, als ich meine Tasche nahm um sie abzuholen, klingelte es bereits an meiner Tür. Schön wie der junge Morgen stand sie vor mir und strahlte mich an.

»Bist du soweit?«, fragte Ruby.

»Ja, ich wollte gerade zu dir gehen und dich abholen«, antwortete ich.

»Zwei Seelen, ein Gedanke. Dann nichts wie los, es wird heute wieder ein herrlicher Tag werden. Die Sonne strahlt schon ganz warm vom Himmel und wir können uns später ein leckeres Eis schmecken lassen«, sagte sie zu mir.

»Damit bin ich einverstanden, denn Eis esse ich für mein Leben gern«, antwortete ich und hakte mich bei ihr ein.

Wir bummelten durch die Straßen und hier und da stöberten wir in den Geschäften. Gegen Mittag kamen wir bei der kleinen Eisdiele an und bestellten uns eine große Portion gemischtes Eis mit viel Sahne. Wie das schmeckte, es war richtig lecker. Keine von uns sagte ein Wort. Wir hingen unseren Gedanken nach und genossen unser Eis. Alles war so friedlich und ich war glücklich, dass ich einen Tag wie diesen erleben durfte.

»Ich gehe mir mal eben kurz den Fleck weg wischen«, sagte Ruby und verschwand Richtung Toilette.

Ich saß allein am Tisch und löffelte mein Eis, als plötzlich eine Stimme an mein Ohr drang, die mir bestens bekannt war. Vor Schreck erstarrt, fiel mir der Löffel aus der Hand und ich begann am ganzen Körper zu zittern.

»Komm du Luder, ich will dich jetzt auf der Stelle«, sagte die Stimme zu mir.

Als ich meinen Kopf herumdrehte, sah ich genau in die Fratze des SEX Beiner.

Wie von Sinnen fing ich laut an zu schreien und sprang von meinem Stuhl auf. Alle Leute starrten vollkommen irritiert auf mich, weil sie nicht wussten, was sie von der Situation halten sollten. Denn außer mir sahen sie niemanden. Der SEX Beiner hatte sich, wie immer, aus dem Staub gemacht und war verschwunden. Ich war fertig mit der Welt und zitterte noch immer wie Espenlaub. So fand Ruby mich vor, als sie von der Toilette zurück zu unserem Platz kam.

»Was ist passiert?«, fragte sie, »du bist ja völlig außer dir«.

Sie nahm mich in ihre Arme und versuchte, so gut es ging, mich zu trösten.

»Lass uns nach Hause gehen. Ich erzähle dir dann die ganze schreckliche Geschichte«, sagte ich.

Ruby bezahlte unser Eis und wir machten uns auf den Heimweg. Voller Panik schaute ich mich ständig um. Ich musste mich vergewissern, dass der SEX Beiner nicht hinter uns her ist. Tausend Gedanken schossen mir gleichzeitig durch den Kopf. Wie kam es, dass er hier war? Die Polizei hatte ihn doch eingesperrt. Er sollte doch, soweit ich informiert war, für Jahr hinter Gitter. Warum hatte mich meine Familie nicht gewarnt und mir mitgeteilt, dass er wieder draußen ist? Oder wussten sie es auch nicht? Mit Sicherheit nicht, denn Addison hätte mich sofort angerufen und mich gewarnt. Ängstlich schaute ich hinter mich. Er war uns nicht gefolgt, denn was ich nicht wusste, er hatte große Angst vor Ruby. Doch das sollte ich später erfahren, nachdem ich Ruby meine Geschichte erzählt hatte.

Wir liefen so schnell wir konnten durch die Straßen und kamen völlig verschwitzt zu Hause an. Ich konnte erst wieder richtig atmen, als die Haustür hinter uns ins Schloss fiel. Ruby ging es genauso. Sie führte mich zum Sofa und setzte sich neben mich. Nachdem sie sich ein bisschen erholt hatte, ging sie in die Küche und holte uns erst einmal ein Glas Wasser. Das tat gut.

Als ich mich einigermaßen wieder gesammelt hatte, erzählte ich ihr die leidige Geschichte von mir und dem SEX Beiner. Ruby hörte mir aufmerksam zu und als ich geendet hatte sah sie mich mitleidig an und meinte:

»Ich kenne den Typen. Er ist ein widerliches Schwein und war vor einiger Zeit auch einmal hinter mir her. Aber ich habe ihm meine Waffe entgegen gehalten und er hat sich schleunigst aus dem Staub gemacht.

Seitdem habe ich Ruhe vor ihm und er hat es nie wieder bei mir versucht«.

»Du kennst ihn?«fragte ich erstaunt.

Ruby nickte mit dem Kopf und erzählte mir nun ebenfalls ihre Begegnung mit dem

SEX Beiner. Er schien immer die gleiche Taktik anzuwenden, denn auch ihr hatte er sich immer nur von hinten genähert. Gott sei dank war es bei ihr niemals bis zum Äußersten gekommen. Nur ein einziges Mal war er ganz nah an sie heran gekommen. Aber sie hatte blitzschnell reagiert und ihm ihre spitze Waffe unter die Nase gehalten. Seitdem ließ er sie in Ruhe; ja, er machte sogar einen großen Bogen um sie wenn sie sich zufällig einmal begegneten. Was Ruby auch nicht verstand, war die Tatsache, dass die Polizei ihn wieder hat laufen lassen. Oder war er geflohen?

Jedenfalls, fügte sie noch hinzu, würde sie diese fette Ratte in seiner schwarz braunen Kleidung niemals vergessen. Er war auch ein ekliger Anblick. Allein schon seine engen, kurzen Shorts mit der ewig prallen Ausbuchtung vorne,waren zum kotzen. Auch ohne seine Übergriffe wäre er ein so abstoßender Kerl, der keiner Frau gefallen würde. Darin waren wir uns beide einig.

Ich wollte unbedingt sofort Addison und Hansi anrufen um ihnen alles zu erzählen. Noch bevor ich den Hörer abnahm läutete das Telefon. Wer konnte das sein? Ich nahm ab und hörte sofort Addisons aufgeregte Stimme am anderen Ende.

»Mami, du musst dich in acht nehmen, der Kerl ist geflohen. Die Polizei war eben bei uns und hat es mir erzählt. Beim Rundgang auf dem Hof hat einer der Wächter vergessen, die Tür abzuschließen und der SEX Beiner hat die Gelegenheit zur Flucht genutzt. Sie konnten ihn nicht wieder einfangen«, schrie sie ins Telefon.

»Addison, beruhige dich erst einmal. Ich wollte dich auch gerade anrufen, denn ich hatte heute Mittag im Eiscafe schon eine Begegnung mit ihm. Zum Glück war Ruby bei mir und es ist noch einmal alles gut gegangen. Wir sitzen hier bei mir und stell dir einmal vor, Ruby kennt den SEX Beiner auch. Er hat Angst vor ihr, weil sie ihn mit ihrer Waffe bedroht hat, als er sie bespringen wollte. Du kannst es nachher der Polizei melden, dass der Unhold sich wieder in dieser Gegend herumtreibt«, sagte ich noch zu meiner Tochter.

Eine Weile blieb es still am anderen Ende der Leitung. Ich hörte Addison weinen und mir wurde das Herz schwer.

Hatte sie doch auch geglaubt, dass sie sich um mich jetzt keine Sorgen mehr machen muss. Ich ließ sie weinen, denn ich verstand nur allzu gut, was in ihr vor ging.

»Geh nie mehr ohne Ruby nach draußen«, hörte ich sie sagen, »sie ist dein einziger Schutz vor dem SEX Beiner.

»Das werde ich bestimmt nicht machen«, sagte ich zu ihr, denn ich wollte bestimmt nicht noch einmal so brutal von ihm genommen werden.

Die Erinnerungen an die Vergangenheit waren grausam für mich und ich sagte zu Addison:

»Lass uns später noch einmal miteinander Telefonieren. Im Moment muss ich erst einmal zu mir selber finden und Ruby bleibt ja bei mir«. Meine Tochter war einverstanden und ich setzte mich wieder zu Ruby.

»Für deine Tochter muss es ja auch furchtbar sein. Zu wissen, dass die eigene Mutter in Gefahr ist und nicht helfen können«, sagte Ruby zu mir.

»Aber wir beide werden uns jetzt etwas überlegen, womit wir den SEX Beiner ein für alle Mal beseitigen können und zwar ohne, dass jemand dahinter kommt und uns verdächtigt«, fügte sie ihren Worten noch hinzu.

Ich ahnte nicht, was sie vor hatte.

»Ich werde uns einen Kaffee kochen und dann können wir gemeinsam überlegen, was wir gegen ihn unternehmen können«, sagte Ruby und verschwand in der Küche.

Damit war ich einverstanden und holte die Tassen aus dem Küchenschrank. Der Kaffee war fertig und Ruby schenkte uns ein. Ich sah, wie es hinter ihrer Stirn arbeitete und ich wagte nicht, sie in ihren Gedanken zu unterbrechen. Vielleicht gab es doch eine Lösung dieses Sexmonster für immer los zu werden. Auch ich überlegte, was man machen könnte, doch mir fiel leider nichts ein. Alles, was ich bisher gemacht hatte, war erfolglos geblieben. Ich sah keine Chance etwas gegen ihn zu unternehmen. Körperlich war er uns weit überlegen, sodass wir ihn auch nicht gemeinsam verprügeln konnten.

Was hatte Ruby damit gemeint, als sie sagte, ihn für immer unschädlich zu machen? Das klang ja fast so, als beabsichtigte sie ihn zu töten.

In die Stille hinein sagte Ruby plötzlich:

»So wie du mir erzählt hast, hat er dich zwar am Tage belästigt, aber vergewaltigt hat er dich nur in den Abendstunden oder in der Nacht. Da müssen wir ansetzen und uns etwas überlegen. Wir müssen ihm eine Falle stellen und die Nacht ist dafür wunderbar geeignet«.

Ich sah Ruby an und fragte:

»Hast du da an etwas bestimmtes gedacht?«.

»Im Augenblick noch nicht«, antwortete sie, »aber ich werde meine Freunde fragen, ob sie einen Rat für uns haben. Ich werde dich jetzt für eine Weile allein lassen, aber ich komme so schnell wie möglich zurück. Schließe die Tür hinter mir ab und öffne keine Fenster«.

Mit diesen Worten verschwand sie aus der Tür und ich blieb allein zurück. Schon längst hatte die Angst wieder von mir Besitz ergriffen und ich zitterte. Der restliche Kaffee in meiner Tasse schwappte mit Schwung heraus, als ich sie zum Munde führen wollte.

Verdammter Mist, warum konnte er nur entkommen? Mir gingen die Nerven durch und ich weinte hemmungslos.

Das Telefon klingelte. Sollte ich ran gehen? Doch, vielleicht war es ja Addison die sich um mich sorgte. Tatsächlich, sie war es.

»Mama, ich habe mit Hansi gesprochen und er möchte auch, dass ich noch heute zu dir fahre. Er ist gerade zum Bahnhof um mir eine Fahrkarte zu kaufen. Meine Schwiegermutter hat uns versprochen die Kinder zu versorgen während ich weg bin und im allergrößten Notfall hilft meine Nachbarin ihr«, rief sie aufgeregt ins Telefon. Meine Freude war groß und ich sagte ihr, dass ich mich riesig freuen würde wenn sie zu mir kommt. Wann die Züge fahren wusste ich ja und Addison wollte mich noch einmal anrufen, wenn Hansi zurück kommt, damit sie mir die genaue Uhrzeit sagen kann mit welchem Zug sie kam. Bis dahin würde Ruby auch wieder zurück sein um mich zum Bahnhof zu begleiten. Es war sicherer wenn wir sie abholten.

Nochmals läutete das Telefon und wieder war es Addison, die mir erfreut mitteilte, dass David sie begleiten würde, da er morgen hier Vorort einen Termin für eine Bildbesprechung hat. Das traf sich sehr gut und so brauchte ich mich nicht zu sorgen, dass Addison unterwegs etwas passieren konnte. Mit David an ihrer Seite würde der SEX Beiner es nicht wagen, sich ihr zu nähern. Er hatte bestimmt schon wieder seine Kumpane zusammengerottet und sie waren gemeinsam auf der Pirsch. Aber was hatte Ruby vorhin noch zu mir gesagt? Ihre Erfahrungen mit dem SEX Beiner waren, dass er sich immer nur eine zur Zeit aussuchte die er bespringen will und die anderen in Ruhe ließ. Trotzdem, sicher war sicher. Es ist gut, dass David mitkommt. Ich fing an die Betten für die beiden herzurichten, denn David konnte auch hier übernachten und brauchte nicht in ein Hotel zu gehen. Platz hatte ich genug.

Es läutete an der Tür und Ruby gab mir lauthals zu verstehen, dass sie es ist. Schnell ging ich und öffnete die Tür; allerdings nicht, ohne vorher noch einmal durch den Spion geschaut zu haben, denn man konnte nie wissen, auf welche Ideen der SEX Beiner kam. Nachher fiel ich noch auf einen Trick herein und war ihm ausgeliefert.

Aber es war wirklich Ruby die geläutet hatte und ich öffnete. Sie kam ganz aufgeregt herein und ich schloss die Tür hinter ihr.

»Ich muss mich erst einmal setzen. Vom schnellen laufen bin ich ganz aus Puste, aber danach habe ich dir einiges zu berichten«, sagte sie zu mir und ließ sich auf das Sofa plumpsen.

Da war ich aber gespannt auf das, was sie mir erzählen wollte, denn auch ich hatte Neuigkeiten für sie. Ich brachte ihr ein Glas Wasser und so langsam wurde Ruby wieder ruhiger.

»Erzähle, was gibt es Neues«, fragte ich sie neugierig.

Ich musste unbedingt erfahren, was sie herausgefunden hatte und ob wir vielleicht Hilfe, oder Tipps von ihren besten Freundinnen erwarten konnten. Doch Ruby ließ sich Zeit und machte damit die ganze Angelegenheit nur noch spannender. Aber in ihren Augen sah ich ein Funkeln und das verhieß mir, dass es gutes ist, was sie mir erzählen würde. Ich sollte mich nicht täuschen.

»Zuerst erzähle du einmal, welche Neuigkeiten du mir berichten willst«, sagte sie zu mir.

Ich erzählte ihr, dass Addison und David am Abend mit dem Zug ankommen würden und wir sie abholen müssen.

»Ach, deshalb sieht es hier so chaotisch aus«, und zeigte mit ihrem Finger auf die am Boden liegenden Bettdecken, »ich dachte schon, du packst deine sieben Sachen und willst von hier verschwinden«.

Ich konnte ihre Befürchtung nicht bestätigen und erklärte ihr, dass die beiden bei uns schlafen werden. David wollte ja nur einige Tage bleiben bis er einen Verkaufsabschluss getätigt hatte und die paar Tage brauchte er nicht in einem Hotel übernachten. Hier war es doch gemütlicher und er fühlte sich sicher wohl bei mir. Ruby fand das toll und freute sich darauf, meine Tochter kennen zu lernen. Ich hatte ihr doch schon soviel von Addison und ihrer Familie erzählt.

»Auf den Maler bin ich auch gespannt.

Vielleicht kann ich ihn überreden, ein Bild von mir zu malen, das ich dann meinen Eltern schicken kann. Weißt du, seit ich vor Jahren bei ihnen ausgezogen bin, habe ich sie nur noch selten gesehen und sie sind schon ziemlich alt. Sie würden sich über ein Bild von mir ganz bestimmt sehr freuen«, sagte sie.

Das konnte ich mir gut vorstellen und ich versprach ihr später, mit David zu reden und ihn darum zu bitten sie zu malen.

»Nun musst du mir aber erzählen, was du bei deinen Freundinnen geworden bist«, sagte ich zu ihr, nachdem sie geendet hatte.

Was Ruby mir erzählte, verschlug mir den Atem. Der Plan war ungeheuerlich, aber wenn wir es geschickt anstellen würden, dann müsste er klappen und wir wären den SEX Beiner für immer los. Nur erwischen lassen dürften wir uns nicht, denn es war Mord, eiskalter Mord, den sie mit ihren Freundinnen ausgetüftelt hatte. So ganz geheuer war mir der Plan im Moment noch nicht, aber ich merkte, je länger ich darüber nachdachte, dass er mir zunehmend gefiel. Wir wären ihn mit einem Schlag los und es war bestimmt nicht schade um ihn. Wer solche Sachen macht wie er, der hat sein Leben verwirkt und niemand würde ihm auch nur eine einzige Träne nachweinen. Wir redeten noch eine ganze Weile darüber und mit einem mal war es schon Zeit zum Bahnhof zu fahren. Das Taxi hatten wir pünktlich zu um sieben Uhr bestellt. Wir zogen unsere Jacken über und dann hörten wir den Fahrer auch schon hupen.

»Hast du noch mal die Fenster kontrolliert?«, wollte Ruby wissen.

Ich bestätigte ihre Frage und wir gingen zum Taxi. Der Fahrer wusste bereits das Ziel und fuhr im rasenden Tempo los. Erst, als er die zweite rote Ampel überfuhr, sagte ich zu ihm, dass er ruhig etwas sinniger fahren konnte, denn wir liegen gut in der Zeit.

»Mir soll es recht sein«, brummelte er.

Offensichtlich hatte ihm die Raserei auch noch Spaß gemacht. Von da an war fuhr er uns, ohne ein weiteres Wort zu sagen, zum Bahnhof. Mir war es recht, denn sein ständiges Reden war mir doch auf die Nerven gegangen. Wahrscheinlich gehörte er auch zu den Männern, die meinen, uns

Frauen mit ihren wilden Geschichten zu imponieren zu können. Bei der Seefahrt nennt man das Seemannsgarn, aber für ihn fällt mir gerade nicht das passende Wort ein. Ich mochte solche Männer nicht die in einer Tour redeten und sich selbst dabei toll finden. Männer sollen durch Taten glänzen und nicht durch Worte, da hatte ich eine ziemlich altmodische Einstellung. Ich konnte auch nicht verstehen, dass es Frauen gibt, die auf so etwas hereinfallen und solche Männer anhimmeln. Mein Ding war es nicht und ein Blick zu Ruby bestätigte meine Einstellung. Auch sie hatte bereits mehrmals mit den Augen gerollt, als er immer wieder etwas anderes zum Besten gab. Wir unterhielten uns jetzt leise miteinander und bemerkten gar nicht, dass wir nicht mehr Richtung Bahnhof fuhren.

»So, bezahlen und aussteigen«, forderte uns eine laute harsche Stimme auf und riss uns aus unserem Gespräch.

Wir blickten nach draußen. Doch wo waren wir? Ich kannte die Gegend nicht und sofort kam mir der SEX Beiner in den Sinn. Ich schaute Ruby an und in ihren Augen konnte ich lesen, dass sie dasselbe dachte wie ich. Wir waren in eine Falle getappt.

»Bleib ruhig«, flüsterte Ruby mir ins Ohr, »ich bin ja bei dir und solange ich an deiner Seite bin, wird das Schwein dir nichts anhaben können«.

Plötzlich wurde die Autotür aufgerissen und wir erblickten ihn.

»Endlich habe ich dich erwischt. Heute wirst du meinem scharfen Ding nicht entkommen«, sagte er triumphierend zu mir und rieb sich über seine pralle Hose.

Ich hörte ihn schnaufen und gerade, als er nach mir greifen wollte, beugte sich Ruby aus der Tür. Der SEX Beiner erstarrte in seiner Bewegung und kreischte vor Wut laut auf. Wüst beschimpfte er den Fahrer, dass er zu blöd war seinen Auftrag zu erfüllen und uns beide hierher gebracht hatte. Als Ruby sich daran machte aus dem Taxi zu steigen, rannte er mit offener Hose und laut fluchend zu seinem Wagen und fuhr davon.

Das war gerade noch einmal gut gegangen und ich atmete erleichtert auf. Ich war Ruby so dankbar, dass sie an meiner Seite war und wollte sie gerade in den Arm nehmen, als ich merkte, dass sie nicht mehr auf ihrem Platz saß. Sie war ausgestiegen und hatte die Fahrertür geöffnet und dem Fahrer befohlen aus zu steigen. Da sie ihn mit ihrer Waffe bedrohte, blieb ihm nichts anderes übrig, als ihr zu gehorchen.

Vorbei war es mit seinem angeberischen Getue. Wie ein Häufchen Elend stand er vor Ruby und schlotterte mit den Knien. Ich musste innerlich lachen, denn es sah zu komisch aus. Er war viel größer als Ruby und hätte sie leicht umhauen können, wenn da nicht die Waffe in ihrer Hand wäre. Was hatte Ruby vor? Wollte sie ihn etwa umbringen? Ich konnte sehen, dass Ruby den Taxifahrer vom Wagen weg dirigierte und ihm befahl, sich nieder zu knien. Er war noch nicht ganz unten, da hatte Ruby ihm mit ihrer Waffe eines über den Schädel gezogen und er fiel der Länge nach zu Boden. Sie gab ihm noch einen Tritt in den Arsch, verstaute ihre Waffe und stieg seelenruhig über ihn hinweg.

»So, den sind wir auch los. Jetzt nichts wie weg von hier und auf dem schnellsten Wege zum Bahnhof. Die beiden warten bestimmt schon auf uns«, sagte sie und schwang sich hinter das Steuer.

»Guck nicht so, der Kerl hatte es verdient und anzeigen wird er uns sicher nicht, dann käme es ja heraus, dass er zur Bande des SEX Beiner gehört und mit ihm gemeinsame Sache macht. Das wird er nicht riskieren, dazu ist er bestimmt zu feige«, fügte sie ergänzend hinzu.

Ich war platt. Soviel Kaltblütigkeit hatte ich ihr gar nicht zu getraut. Sie hatte Recht, der Fahrer hatte eine Strafe verdient. Wahrscheinlich hatte der SEX Beiner ihn für seine Dienste bezahlt oder ihm versprochen, dass er, wenn er mich ihm ausliefert, sich auch mit mir vergnügen durfte. Mir wurde ganz schlecht bei dem Gedanken daran und ich war Ruby unendlich dankbar für ihre Hilfe.

Im rasanten Tempo ging es auf direktem Wege zum Bahnhof und siehe da, Addison und David warteten schon auf uns. Mit laut quietschenden Reifen hielten wir genau vor ihnen. Sie waren hocherfreut als sie sahen, dass ich in dem Taxi saß. Sie kannten Ruby nicht persönlich und so stellte ich sie alle erst einmal miteinander vor.

»Du bist also Ruby«, sagte Addison, »meine Mutter hat mir schon so viel von dir erzählt und auch, dass du sie vor dem SEX Beiner beschützt hast«.

Sie umarmte Ruby ganz fest und wollte sie gar nicht mehr los lassen.

Ich fragte David, ob sie eine gute Fahrt hatten und ob sie problemlos lief. Er bejahte alle meine Fragen und wir wollten gerade in unser geklautes Taxi einsteigen um nach Hause fahren, als ich sah, dass, dass Addison noch immer Ruby fest umarmte.

»Nun lass sie mal wieder los, sonst zerquetscht du sie noch«, rief ich, »wir wollen los. Kommt endlich«.

Alle mussten lachen und wir konnten endlich einsteigen. Ruby nahm wieder hinter dem Steuer Platz und fuhr mit uns nach Hause. Während der Fahrt erzählten wir den beiden erst einmal, was wir erlebt hatten und sie hörten betreten zu. David war hell empört und machte seinem Unmut lautstark Luft.

»Wenn er mir begegnet, dann schneide ich ihm sein Ding ab. Dieser versaute Kerl hat es nicht anders verdient«, rief er und sein Gesicht wurde puterrot vor Zorn.

David hatte vollkommen recht mit dem was er sagte, da waren wir uns alle einig und gedacht hatten wir es ja auch schon etliche Male. Das Problem war immer nur seine Schnelligkeit, mit der er uns immer wieder entwischen konnte. Aber diesmal mussten unsere Pläne aufgehen. Er durfte uns, bei seinem Übergriff auf mich, nicht wieder entkommen.

»So, wir sind angekommen«, sagte Ruby und stoppte den Wagen genau vor unserer Haustür.

Wir nahmen das Gepäck und aus den Augenwinkeln konnte ich erkennen, dass Ruby den Zündschlüssel stecken ließ. Ich sagte nichts, aber ich nahm mir vor, sie bei Gelegenheit danach zu fragen, warum sie den Schlüssel stecken gelassen hatte. Wir gingen hinein und ich kochte uns erst einmal einen starken Kaffee. Währenddessen zeigte Ruby den beiden wo sie schlafen konnten.

»Dort drüben die kleine Kommode ist für deine Sachen. Ich denke, dass du dort alle deine Sachen hinein bekommst und wenn nicht, sage einfach Bescheid, dann hat deine Mutter bestimmt noch ein weiteres Plätzchen für dich zur Verfügung«, sagte sie zu Addison.

Dann wandte sie sich zu David und zeigte auch ihm, wo er schlafen würde und wo er seine Sachen hinlegen konnte. Die beiden begannen gleich ihre Sachen auszupacken und Ruby kam zu mir in die Küche.

»Der David ist ja ein netter Typ. Hat er schon eine Frau?«, fragte sie mich.

Ich musste innerlich schmunzeln, denn eine so direkte Frage hatte ich nicht erwartet. Es war mir schon aufgefallen, dass Ruby mehrmals David so eigenartig angeschaut hatte, aber gedacht habe ich mir nichts dabei. Sie hat also Gefallen an ihm gefunden. Das war auch nicht weiter verwunderlich, denn David ist ein attraktiver Mann und außerdem noch in den besten Jahren. Als Künstler zudem noch ziemlich extravagant was seine Kleidung betraf. Die beiden würden ein schönes Paar abgeben.

Ach, was dachte ich da. Soweit war es noch lange nicht und ich wusste auch gar nicht, ob David sein Junggesellen leben jemals aufgeben wollte. Es könnte ja durchaus sein, dass er überhaupt keine Frau wollte, denn bei seinem Aussehen hätte er doch gute Chancen bei dem weiblichen Geschlecht.

Weibliches Geschlecht! Da gab es ja auch noch die Möglichkeit, dass er sich nichts aus Frauen macht und lieber seinesgleichen den Vorzug gab. Darüber hatte ich noch nie nachgedacht, denn es war auch in diese Richtung nichts auffälliges an ihm. Ich wusste von ihm nur, dass er allein lebt und zweimal in der Woche eine Zugehefrau kam, die ihm die Wohnung und seine Wäsche in Ordnung hielt.

»Nein, er hat keine Frau«, erwiderte ich.

»Meinst du, ob ich eine Chance bei ihm hätte«, fragte sie mich gleich darauf.

Ich erzählte ihr, was ich vorher bereits gedacht hatte und sie war mit meiner Antwort zufrieden.

»Dann werde ich einmal mein Glück bei ihm versuchen. Es wird Zeit für mich eine Familie zu gründen, sonst sterbe ich noch als alte Jungfer«, sagte Ruby zu mir.

Darüber mussten wir nun beide lachen, denn eine Jungfer war Ruby schon lange nicht mehr.

»Worüber lacht ihr denn so?«, fragte Addison, die gerade zu uns in die Küche kam.

Ich erzählte ihr, dass Ruby ein Auge auf David geworfen hat und ihn becircen möchte. Addison fand das gut und sie meinte, dass es Zeit wird, dass David endlich unter die Haube kommt.

»Ihr würdet gut zueinander passen«, meinte sie und lachte Ruby an.
Ich gab auch Addison eine Tasse Kaffee und wir tranken und redeten über dieses und jenes . Mir fiel auf einmal das Taxi wieder ein und ich ging zum Fenster um nach zuschauen. Das Taxi war weg! Du liebe Zeit, war der Fahren, den Ruby k.o. geschlagen hatte, hierher gekommen um seinen Wagen zu holen? Sind sie schon wieder in unserer Nähe?
Ich musste Ruby fragen, denn das ließ mir nun keine Ruhe mehr.

»Schaue einmal nach, wieweit David mit dem auspacken ist. Er kann sich doch sonst zu uns gesellen und einen Kaffee mit uns trinken«, sagte ich zu meiner Tochter.

Addison verschwand und schnell fragte ich Ruby, was es mit dem verschwundenen Taxi auf sich hatte.

»Mache dir man darüber keine Gedanken. Der Wagen ist schon längst über alle Berge. Ich habe einem Freund signalisiert, dass er das Fahrzeug verschwinden lassen soll. Deshalb hatte ich ja auch den Zündschlüssel stecken lassen und die Türen nicht verriegelt«, antwortete Ruby.

Von alledem hatte ich nichts bemerkt, was auch wohl nicht weiter verwunderlich war, da ich mit meinen Gedanken ständig beim SEX Beiner war. Mir wurde nur allzu deutlich bewusst, dass ich eigentlich gar keinen klaren Gedanken mehr fassen konnte und in meiner Angst gefangen war. Hoffentlich konnten wir bald einen unserer Pläne in die Tat umsetzen und ihn für immer unschädlich machen. Ein paar Tage musste ich mich schon noch gedulden, denn solange David bei uns war, wollten wir nicht darüber sprechen.

Die Tage mit David vergingen schnell und eins, zwei, drei, stand der Tag seiner Abreise bereits bevor. Wir hatten so manches schöne unternommen und blieben auch die ganze Zeit über von dem SEX Beiner und seinen Kumpanen verschont. Es war zu schön um wahr zu sein, dass er jetzt endlich die Schnauze voll hatte und Ruhe gab. Mir ging es wieder besser, da ich mich im Kreise dieser lieben Menschen geborgen fühlte. David bedauerte es sogar, dass er den SEX Beiner nicht in seine Finger bekommen hat und er ihm den Hals umdrehen konnte.

»Passt gut auf euch auf«, sagte er uns noch zum Abschied und fuhr winkend mit dem Taxi davon.

Endlich, es war soweit. Addison, Ruby und ich konnten unseren Schlachtplan aushecken. Wir steckten die Köpfe zusammen und redeten die halbe Nacht, bis eine von uns meinte, es wäre Zeit, zu Bett zu gehen. Wir sollten besser morgen weiter machen, da die Müdigkeit keinen klaren Gedanken mehr zuließ. Wir wünschten uns eine gute Nacht und gingen in unsere Zimmer. Ruby übernachtete auch bei mir und legte sich im Zimmer, welches David zuvor bewohnt hatte, ins Bett. Wir fielen alle sofort in einen tiefen Schlaf.

Am nächsten Morgen, als ich erwachte, strahlte die Sonne bereits vom Himmelszelt. Ich stand sofort auf um zu duschen und mich für den Tag herzurichten. Bei Addison und Ruby war noch alles still und ich bemühte mich ganz leise zu sein, um sie nicht zu wecken. Ich stand gerade splitternackt vor dem Spiegel und wollte eines meiner engen schwarzbraunen Kleider anziehen, als jemand leise ans Fenster klopfte. Ein einziger Blick genügte um zu erkennen, dass es der SEX Beiner war. Er rieb schon wieder sein Ding an der Scheibe und grinste mich diabolisch an.

Vor Schreck ließ ich das Kleid zu Boden fallen und fing hysterisch an zu schreien. Im NU waren Ruby und Addison bei mir und ich konnte nur noch mit dem Finger zum Fenster deuten. Sie konnten sich denken, wen ich dort gesehen hatte.

Aber so blitzschnell wie er gekommen war, war er auch wieder weg. Es war ihm schon klar, dass mein Schreien die anderen alarmiert hat und er sich verpissen musste. Ich stand noch immer nackt im Zimmer und Ruby legte mir erst einmal ein Badetuch um.

Dann führte sie mich in die Küche und ich setzte mich auf einen Stuhl.

»Wir wollen jetzt gleich besprechen, wie wir vorgehen wollen um den Unhold zu beseitigen«, sagte Ruby und weihte Addison in unsere Pläne ein.

Addison war einverstanden mit dem, was Ruby ihr erzählte und meinte, dass ihr die eine Sache am sichersten erschien. Wir überlegten das Ganze noch einmal und dann stand es für uns fest. So und nicht anders wollten wir es machen.

Entschlossen standen wir auf und gingen in unsere Zimmer um uns anzuziehen. Wir mussten in der Stadt einiges einkaufen, damit unser Plan nicht an einer fehlenden Kleinigkeit scheitert. Wir nahmen die Fahrräder und fuhren los.

Eigenartigerweise war meine Angst urplötzlich verschwunden. In mir war eine unbändige Wut und nur noch der Gedanke an Rache. In mir tobte eine unbändige Freude je länger ich über unsere Rachegelüste nachdachte. Den beiden musste es ebenso gehen, denn auf einmal fingen sie an zu singen. Ich stimmte fröhlich mit ein und so radelten wir drei gemütlich zur Stadt. Solange Ruby bei uns war, konnte weder Addison noch mir, irgend etwas Schlimmes etwas geschehen. Wir gingen in verschiedene Läden und schon bald hatten wir alles, was wir brauchten.

»Ich habe einen mordsmäßigen Hunger«, sagte Addison, »wir sollten irgendwo einkehren und zu Mittag essen. Mein Magen hängt mir schon in den Kniekehlen«.

Mordsmäßigen Hunger! Ruby und ich schauten uns an und fingen laut an zu lachen. Das passte wie die Faust aufs Auge. Wir gingen in ein italienisches Restaurant und bestellte uns jeder eine große Pizza. Die waren hier besonders lecker und sie dufteten herrlich. Lange brauchten wir nicht zu warten und der Kellner kam mit unserem Essen.

»Bon Appetito«, wünschte er uns und entfernte sich mit einem charmantem Lächeln.

»Schnuckeliger Typ«, meinte Addison mit vollen Backen, »wenn ich meinen Hansi nicht hätte, wer weiß, wer weiß?«.

So hatte ich meine Tochter ja noch nie

erlebt. Da glaubt man, man kennt sein Kind und lernt plötzlich eine ganz neue Seite an ihr kennen. Ich war immer der Meinung, sie hätte nur Augen für ihren Mann. Es amüsierte mich, aber mir kam auch der Gedanke, ob vielleicht in ihrer Ehe etwas nicht mehr in Ordnung war.

»Mama, ich wollte dich nur mal schockieren und wie es scheint, ist es mir auch gelungen«, sagte sie zu mir.

Sie konnte sich totlachen darüber und fast hätte sie sich an der Pizza verschluckt.

»Glaube mir, für mich gibt es nur meinen Hansi. Aber er wäre doch etwas für dich, oder?«, sagte sie und sah mich an.

»Nee, lass mich bloß mit den Kerlen in Ruhe, ich habe die Nase voll von ihnen und will nur noch meine Ruhe haben«, erwiderte ich.

Wir aßen gemütlich weiter und tranken unsere Cola dazu.

»Die Pizza ist köstlich«, meinte Ruby, »ich könnte glatt noch eine essen, wenn mein Bauch nicht schon so voll wäre. Schade«.
Dieser Meinung waren wir auch und wir beschlossen, uns noch eine große Pizza zu

bestellen, um sie mit nach Hause zu nehmen. Gesagt, getan.

Nachdem der junge charmante Kellner uns unsere Pizza gebracht hatte ging ich zur Kasse zahlte. Ruby und Addison warteten vor der Tür mit unseren Einkaufstüten. Wir schwangen uns auf unsere Fahrräder und fuhren gemächlich nach Hause. Kaum zu Hause angekommen, schütteten wir den gesamten Einkauf auf den Tisch und begutachteten alles noch einmal. Es fehlte nichts; wir hatten an alles gedacht. Darauf genehmigten wir uns, zur Feier des Tages, einen kleinen Holunderschnaps den ich selber gemacht hatte. Ab und an ein kleines Tröpfchen konnte ja nicht schaden. Danach waren wir alle drei müde und legten uns für eine Weile auf unsere Betten. Wir mussten eingeschlafen sein, denn es war schon dunkel, als Addison mich an der Schulter rüttelte.

»Wach auf Mama, heute ist die Nacht der Nächte. Es ist kein Mond und keine Wolke zu sehen. Es ist stockfinster draußen und der ideale Zeitpunkt, um unseren Plan endlich umzusetzen. Ruby habe ich auch schon geweckt«, sagte sie zu mir.

Der Tod !

Da lag er vor mir und nur noch seine behaarten muskulösen Beine zuckten mehrmals. Wie habe ich mir diesen Anblick gewünscht.

Der elende Sittenstrolch konnte mir nie wieder etwas tun und auch keine andere Frau brauchte von nun an mehr angst vor ihm zu haben. Was für ein armseliges Würstchen er doch war. Da lag er nun mit vollgepisster Hose auf der Erde und rührte sich nicht mehr. Ruby und Addison schauten auf ihn herab und sagten wie aus einem Munde:

»Den sind wir endgültig los. Jetzt brauchen wir ihn nur noch weit weg von hier verscharren, oder noch besser, wir verbrennen ihn«.

Wir holten den Karren, den wir versteckt hatten, hervor und hoben ihn mühsam darauf. Dann legten wir die große Plane über ihn und niemand der uns eventuell begegnete würde vermuten, dass wir mitten in der Nacht eine Leiche transportieren.

Doch zuvor musste Ruby ihre Waffe säubern, an der das Blut des SEX Beiner war. Sie ging hinein und spülte sie im Waschbecken ab.

»Erledigt«, sagte sie, »wir können gehen«.

Unser Plan war aufgegangen, weil er einfach genial war.

Ruby und ich hatten dieselbe Größe und Figur und das hatte uns auf die Idee gebracht. Ruby sollte sich eines meiner engen schwarzbraunen Kleider anziehen und meine schwarzen Pumps und ich zog ein schwarz gelbes Kleid an, so wie sie es immer trug. Dazu trug ich ihre Schuhe und sprühte mich mit ihrem Parfum ein. Außerdem legte ich Ruby noch meine Kette um den Hals, die ich immer trug und träufelte etwas von dem Rosenwasser auf ihren Nacken und ihre Arme. Unsere Verkleidung war so perfekt, dass sogar Addison im ersten Moment als sie uns sah, nur ungläubig staunte.

»Der wird das niemals merken und wenn er es merkt, dann ist es bereits zu spät«, sagte sie.

So verkleidet gingen Ruby und ich am späten Abend nach draußen und verabschiedeten uns voneinander. Die eine ging nach links und die andere nach rechts. Wir hofften darauf, dass der SEX Beiner unser Haus beobachtet um über mich herzufallen. Tatsächlich hatte er alles beobachtet und Ruby erzählte, dass sie noch keine fünf Minuten gegangen war, als er sie zu Boden schmiss und sie seine widerlichen Beine um sich spürte. Sie fühlte seinen heißen, keuchenden Atem in ihrem Nacken und fühlte sein nacktes Ding an ihrem Hinterteil.

»Ich hab dich, ich hab dich«, kreischte er in seiner sexuellen Erregung, »heute wirst du meine ganze Lust zu spüren bekommen, denn ich will endlich einen Nachkommen mit dir zeugen«.

Für einen kurzen Moment hatte er nicht aufgepasst und   seine Umklammerung lockerte sich etwas. Diesen Moment nutzte Ruby um sich in seinem Griff um zudrehen und mit aller Kraft stach sie ihm ihre Waffe mitten ins Herz.

Bevor er starb, zog sie ihre Verkleidung aus

und er schaute sie ungläubig an. Ein kurzes Röcheln, ein Zucken mit seinen dicken Beinen und vorbei war es mit der SEX Beinerei.

Das Zucken seiner Beine hatte ich noch gesehen, denn Ruby hatte mich angerufen, nachdem sie ihn erstochen hatte und mir gesagt, wo sie sind. So schnell ich konnte war ich zu ihr geeilt und konnte mich an seinen letzten Zügen erfreuen.

Ruby und ich gingen schweigend in die Nacht und vollendeten unser Werk.

Seine Leiche wurde niemals gefunden.

Liebe Leserinnen und Leser,

der SEX Beiner ist tot,

aber seine Gene leben
in seinen zahlreichen
männlichen Nachkommen weiter

Bleiben Sie stets auf der Hut,

besonders in der Nacht,

denn auch sie sind listig,
schlau und sexbesessen.

Sie sind überall und ständig bereit,
ihre Opfer mit ihren haarigen Beinen
von hinten zu umklammern und in sie
einzudringen.